貓咪也瘋狂 04

WHAT'S MICHAEL? KOBAYASHI MAKOTO

小林誠

小林 まこと

目錄

Vol.107
奶奶
奶奶今天從鄉下過來……

您先休息一下！我去幫您泡茶。
哎呀～～真累啊！

咦……

咦……

他叫做麥可，
很可愛吧！
……
……

嗚喵

……

真是的，最近的貓變得真懶散呢！
……

以前的貓比他有威嚴多了。
……
時代不同了嘛～

那麼，這隻麥可，
一天能抓幾隻老鼠啊……
真是隻沒用的貓。
別這樣說啦～～麥可其實也很想出去，但我不讓他出去啊～～
啊～～！？您在說什麼啊！
這裡是公寓，不會抓到老鼠的啦！

這不是理由，
喂，別看我這樣，我對貓可是要求很嚴格的！
咦……
＊啾啾

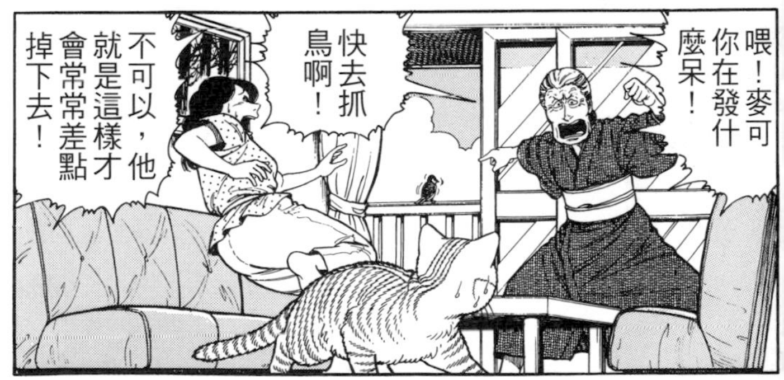
喂！麥可你在發什麼呆！
快去抓鳥啊！
不可以，他就是這樣才會常常差點掉下去！

真受不了～～
連麻雀都瞧不起你了！

＊跳！
バッ
＊抓抓抓
ガリガリガリ
嗚喵喵喵！

啊～～
看不下去了！

給我跳起來！
＊啪嗒啪嗒
パタパタ
從今天開始，我來給你好好特訓一下。
パタパタ
這裡、這裡！
＊追
ドドドドッ
嗚喵喵喵～～～！

別想用洗臉給我混過去！
來，再來一次～～
＊啪嗒啪嗒
パタパタ
ダダダダ
＊嗒嗒嗒嗒
哎呀～～奶奶真是的～～

但是，託她的福，我不在家的時候，麥可也有奶奶照顧，真是幫了大忙……

ギッ
＊嘰
我回來了～～
咦……
……
好來～～對～～對對～
哈啊啊啊～

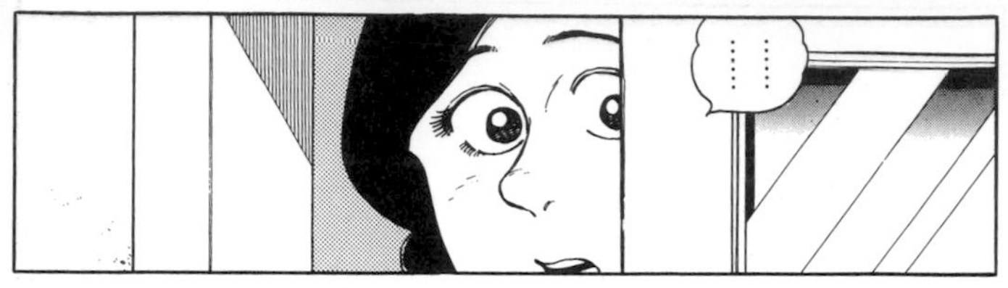

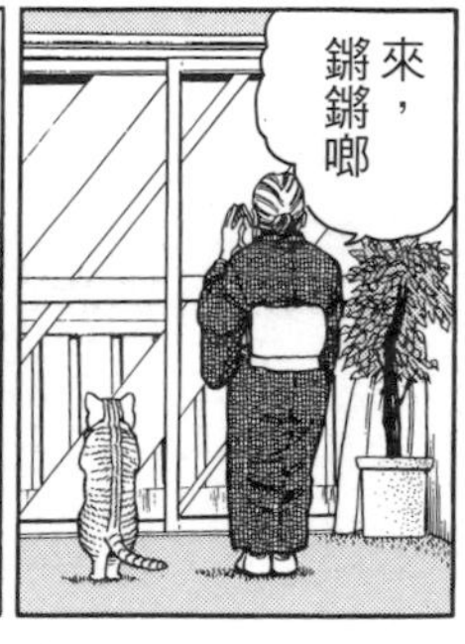

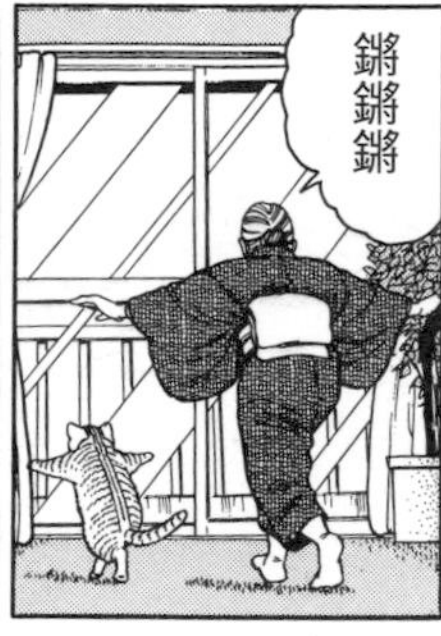

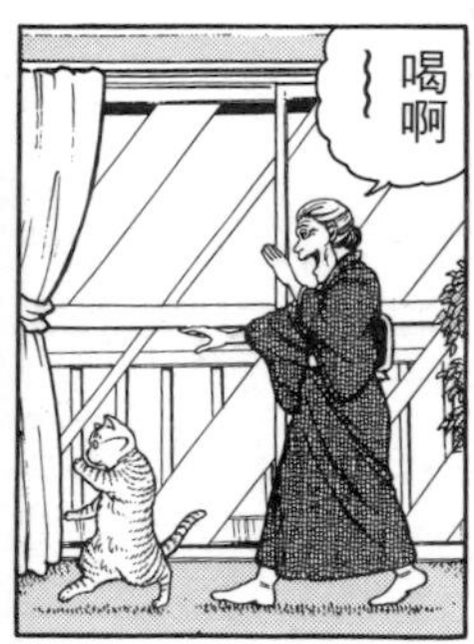

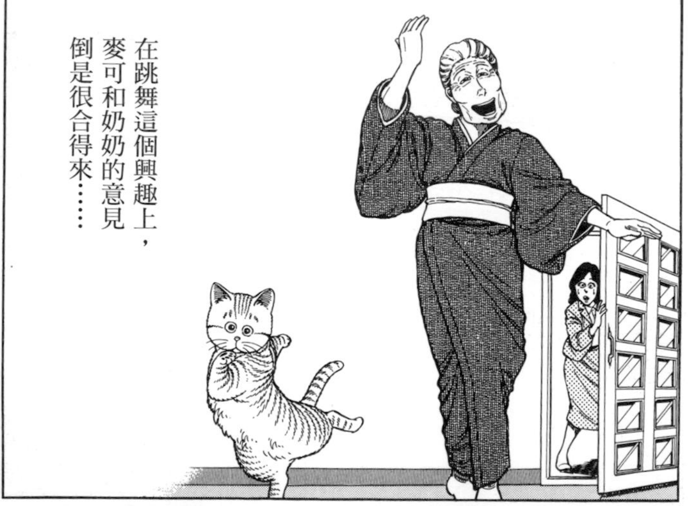

在跳舞這個興趣上，
麥可和奶奶的意見
倒是很合得來……

THE END

Vol.108
父親的教誨

「欸～～跟我玩啊欸～～」
「欸！欸！」
好痛～

「喂！」
＊衝出

「你對我的孩子做了什麼！」
「哇～～救命啊～～」
パタパタパタ
＊啪嗒啪嗒

＊衝出

「你想對俺的孩子做什麼！」
「哎呀～～」
ドドドッ
＊追

「啊啊，好可怕，謝謝爸爸。」
「你要小心點啊，迷你可。」

「喵喵喵～～」

「嗯？」

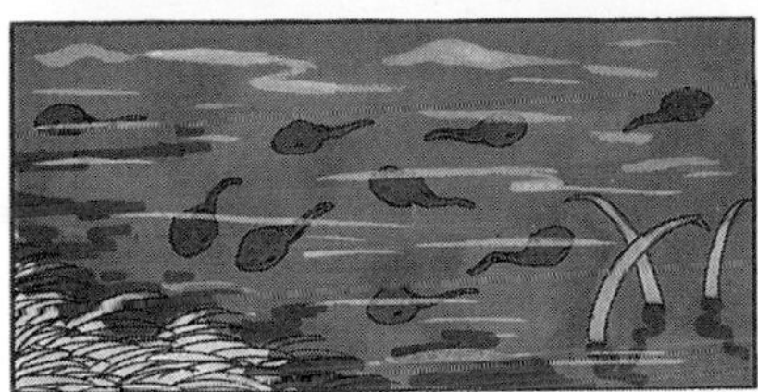

「這是什麼啊？」

「好～來抓他們吧！」

「嘿！呀～～！」
好痛～
*跳
*嘩啦嘩啦

＊衝出
バッ
呱呱！

「你想對我的孩子做什麼！」
呱呱！
呱呱！
ピョコピョコピョコ
「哇～～救命啊爸爸～～」
＊跳、跳、跳

＊衝出
「你想對俺的孩子做什麼！」

「啊～～」
＊追撲

「謝謝爸爸！」
「有危險的話，隨時叫我喔！」

「喵喵喵～～」

「咦……」

「這是什麼……」

「……」
コロ…
*撥

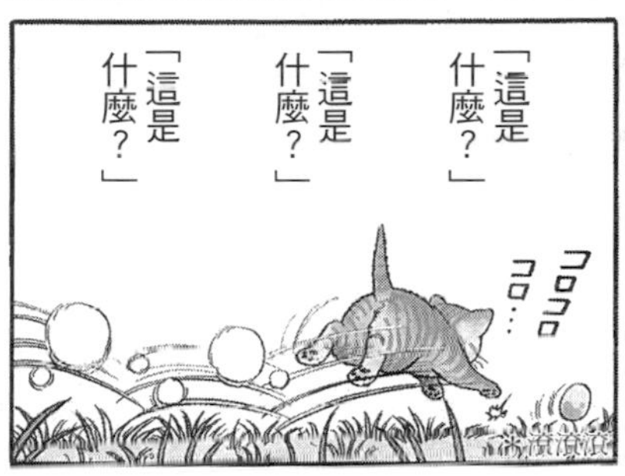

「這是什麼？」
「這是什麼？」
「這是什麼？」
コロコロ
コロ…
*滾滾滾

*咚咚咚咚
ドドドド
咕—咕咕~咕~
……

咕咕～
嗚喵～～
ドドドド
※咚咚咚咚

「啊～～好可怕，謝謝爸爸。」
「有沒有受傷？我們差不多該回家囉！」

「不過，爸爸真的很厲害耶！」
「男孩子必須堅強，要正面迎擊任何敵人喔。」
「嗯！」

「咦……」

「……」

「好……我才不會輸呢！」

哈啊——

咕啊……
「呀……」

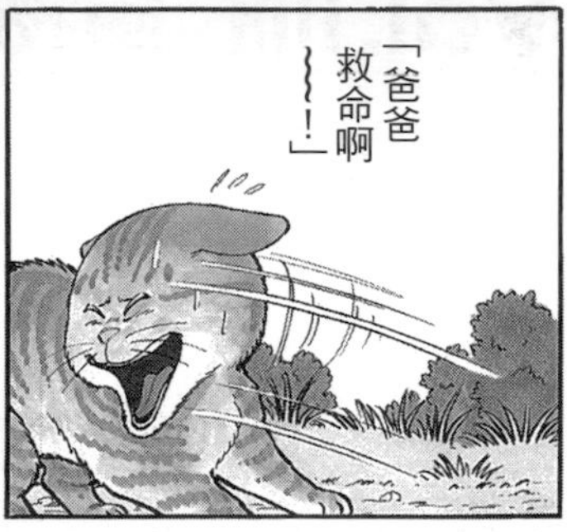

「爸爸救命啊~~!」

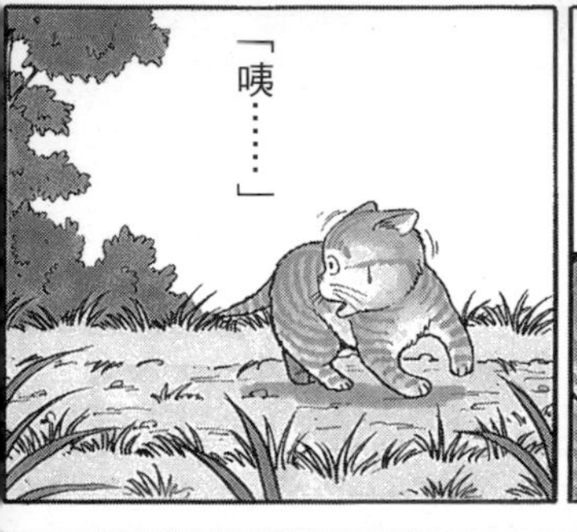

「咦……」

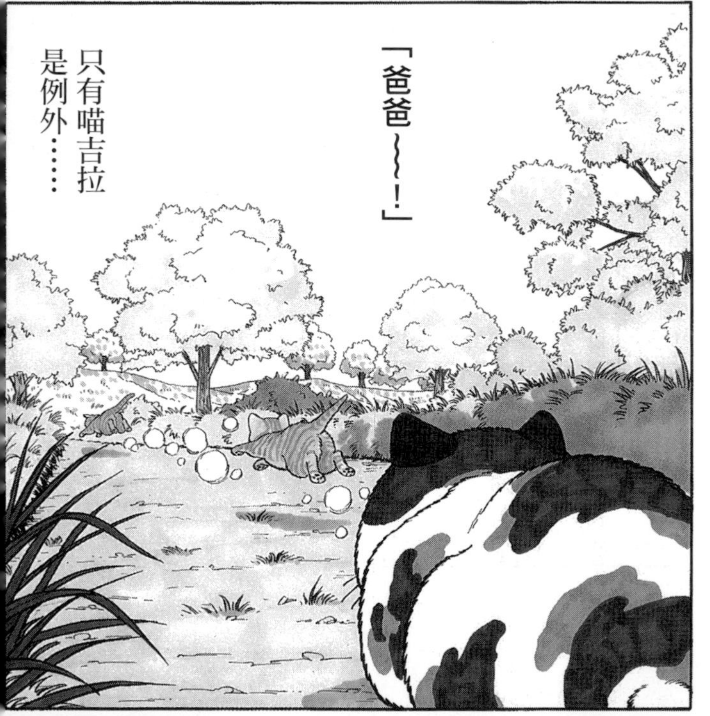

「爸爸~~!」
只有喵吉拉是例外……

THE END

Vol.109 購物

貓又＊商事

麥可部長！尊夫人打來的電話。
喔。

喂喂，是我。

啊、老公!?真是抱歉，可以麻煩你下班回家時去又喵超市幫我買東西嗎？
迷你可感冒了，我無法出門。

好，鮪魚、鰹魚乾、糧，還有貓抓板跟洗毛精。
我知道了，嗯。

＊叮

 ＊註：貓又是日本傳說中的妖怪，形似貓，有兩條尾巴。

上班族
麥可——
今天下班回家的路上，要到超市去買東西。
這裡嗎……
又喵超市
又喵超市
YUNYAR

嗯~~首先是鰹魚、鮪魚跟乾糧……

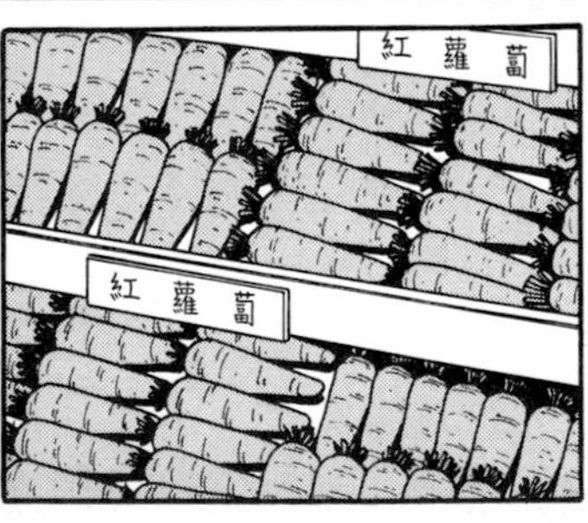
紅蘿蔔
紅蘿蔔

到處都是紅蘿蔔跟麥稈，
食品
鰹魚和鮪魚在哪裡啊？

沒辦法，
那就先買貓抓板跟洗毛精好了。
日用品
是這個嗎……
還真大罐吶！
嘿，老兄，那是馬用的洗毛精喔！
什麼……
這裡是馬用品販賣處啊！
嘎……
那我是往這邊嗎……
嗯~~鰹魚、鮪魚跟洗毛精。

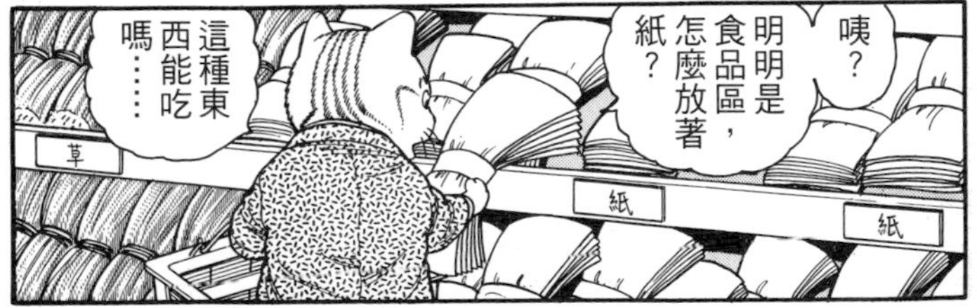
咦？明明是食品區，怎麼放著紙？
這種東西能吃嗎……
草
紙
紙

這裡是羊用品販賣處！
貓的在二樓。
嗄……

貓區

什麼啊！原來在這裡……
罐罐大特價
雞肉
魚肉
乾糧
蔬菜

收您兩千八百八十圓。
嗯。
結帳

另外，今天只要購物滿兩千圓，憑發票可以摸彩一次，請一定要去試試手氣。
頭獎是招待全家人的歐洲旅行喔！

唔……

這裡嗎……
ワイワイ
＊人聲鼎沸

開業二十周年紀念摸彩
頭獎
歐洲旅行
二獎 電視
機車

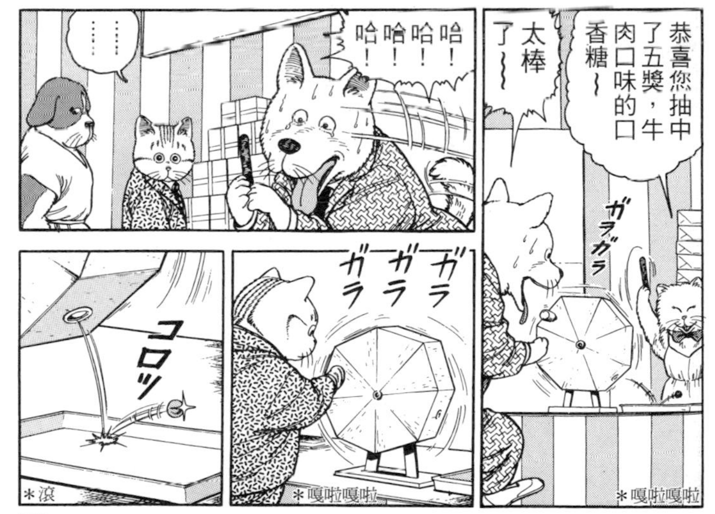
恭喜您抽中了五獎，牛肉口味的口香糖～
太棒了～～
ガラガラ
＊嘎啦嘎啦
哈！哈！哈！哈！
……
ガラガラガラ
＊嘎啦嘎啦
コロッ
＊滾

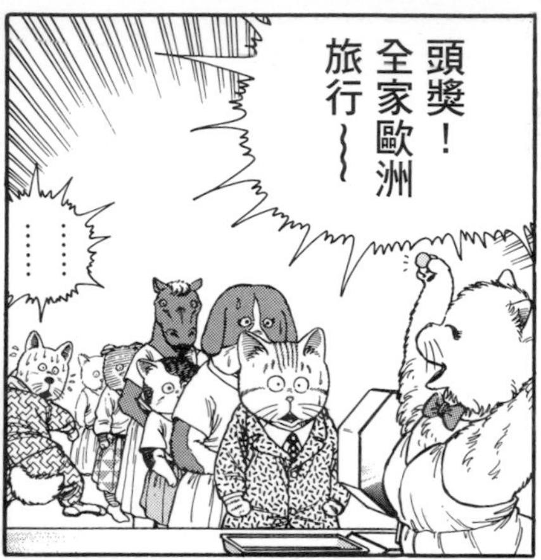
頭獎！全家歐洲旅行～～
……

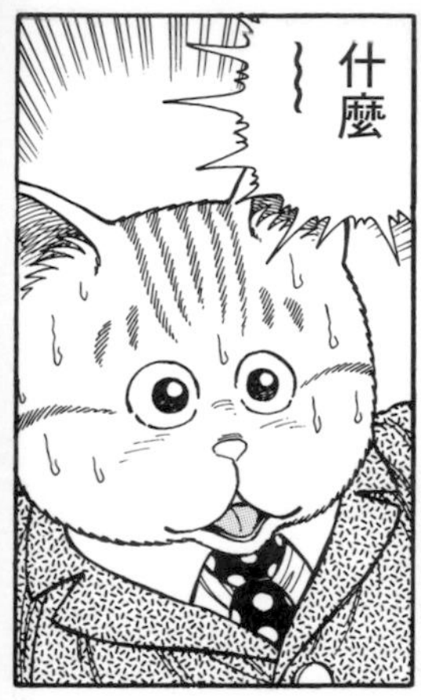
什麼～～

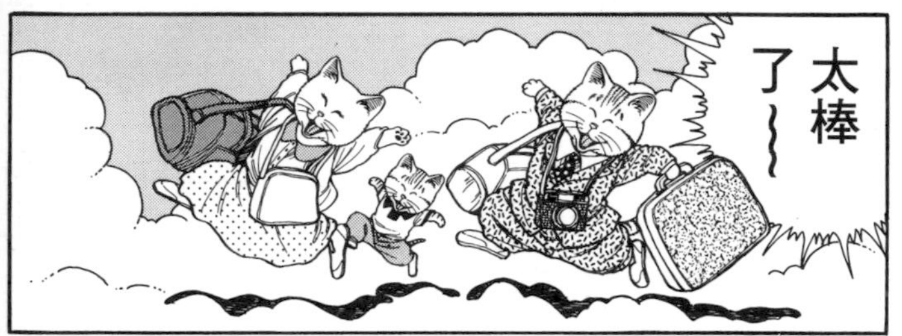
太棒了～～

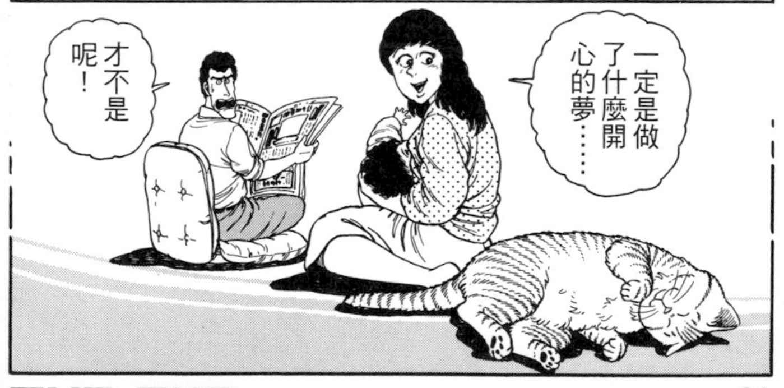
一定是做了什麼開心的夢……
才不是呢！

THE END

Vol.110
勁敵

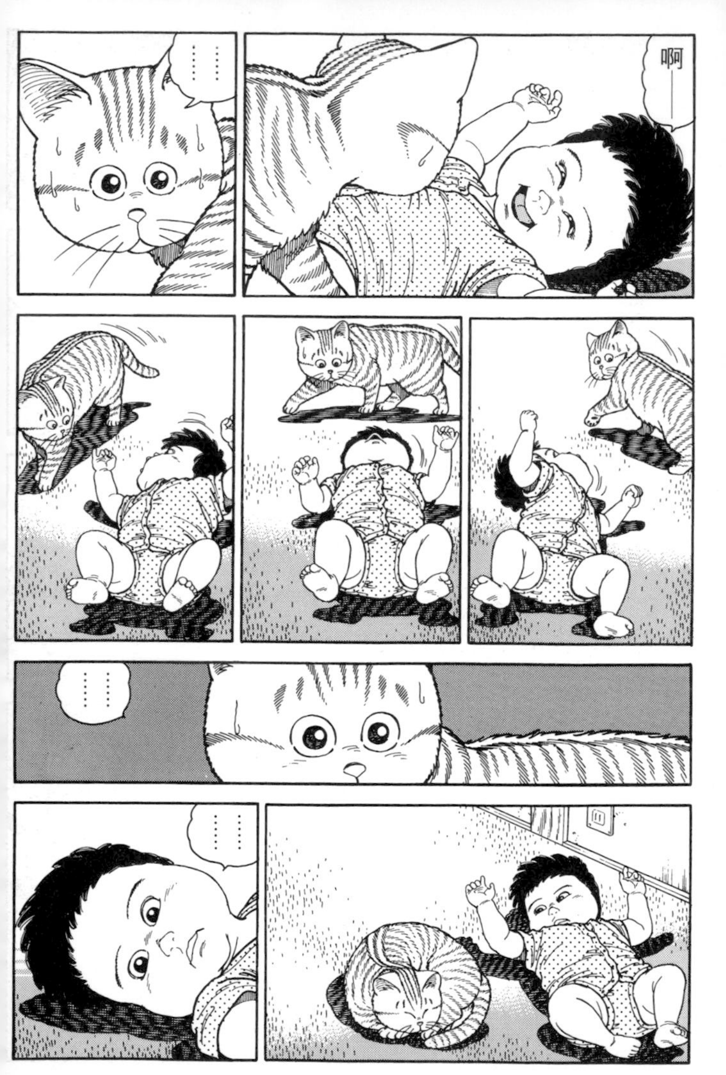
啊——
……
……
……

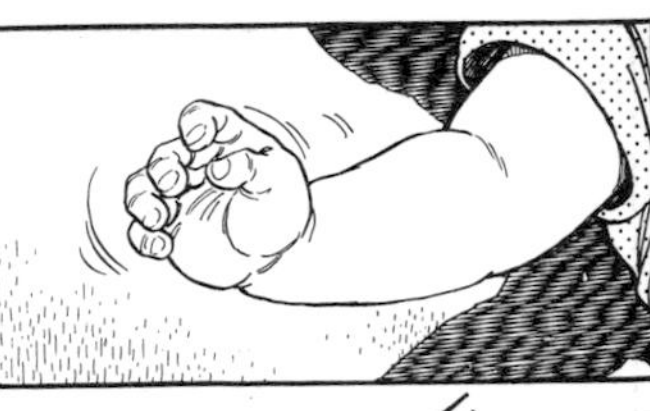

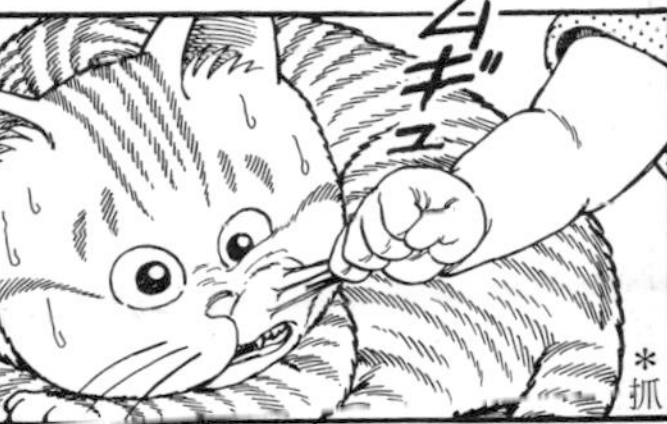
ムギュ
*抓

啊啊～～
嗚嗚～～
呼呀！
*揮揮

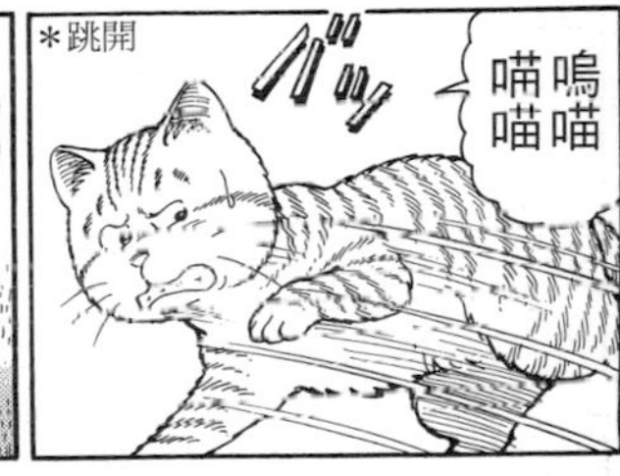
*跳開
バッ
嗚喵喵喵

……

*磅磅磅
嗚嗚～～
*踢
嗚喵！

……

ゴン!!
*叩嘍

……

……

……

嗚啊啊
啊啊啊

……

老公，怎麼了！
啊啊啊啊啊啊啊
大事不妙～～怎麼辦～～
媽媽去哪裡了！

呃，她好像還在廁所～～
什麼～～！

ジャーッ
＊嘩啦啦
ギッ
呼……
＊嘰
嗚啊啊啊
啊啊啊啊
咦……

喂～～～
你們幹了什麼好事！
嗚喵！

真受不了！
看來我的未來一片黑暗！

THE END

Vol.111
少女的祈禱

嗚喵……
＊磨蹭
スリ…
喵吉拉怎麼啦！
今天特別會撒嬌耶。
肚子餓了嗎？
ゴロゴロ…
＊咕嚕咕嚕
咦……

……

＊碰
!!

……
……

不、不好了～～
爸爸～～
幹嘛大呼小叫的啊……
ダッ
パセラ幻戯
＊衝

喵……
喵吉拉她……

她的飯
沒有吃完啊～～～！

啥……

妳說什麼～～

到底怎麼了啊！這種事可是第一次呢！
要不要帶她去醫院？
等……等一下！

她……會不會……
怎、怎麼樣？

喵吉拉她，
會不會是戀愛了……

什麼～～～！

別鬧了，妳說她吞了鯉魚我還相信，談戀愛？＊
可是，喵吉拉也是女孩子啊！

一定是出現了她喜歡的公貓！
所以才會連飯也吃不下！

＊註：鯉魚和戀愛的日語發音相同。

但……就算是這樣，她到底是愛上了哪裡的貓……

ガラッ
*嘎啦

ドスッ
*咚

小心不要被發現，悄悄跟著她。
……嗯

啊……

該不會……
是那隻貓？

哈啊～

バシッ
呼呀！
＊啪嘁

好、好像不是呢……

咦……

啊~~那隻不就是……楠集團會長家裡……
價值兩百萬圓的美國短毛貓大助嗎……

放棄吧喵吉拉，你們倆的身分差距太大了。
妳有照過鏡子看看自己的模樣嗎？真是的！

Vol.112
續・少女的祈禱
——可悲的男人本性——

好可憐噢，喵吉拉居然瘦成這樣……
妳就這麼喜歡大助嗎……
根本就沒瘦啊……
爸爸！不能想辦法去楠會長家裡，拜託他讓喵吉拉和大助結婚嗎？
妳不要無理取鬧了。
對方可是冠軍貓耶，
而且，就算他肯讓我拜託，對方可是楠會長，交配費肯定就要我三十萬圓啊！

聽到了嗎！喵吉拉，拜託妳放棄吧。
隔壁家的麥可挺好的啊！
我不是已經說我不喜歡麥可嘛！

當天晚上——

嘶～～

嗯哼嗯哼嗯哼～～～♡

咦……

怎麼了，這股香甜的味道，

是女孩子！
ダダッ
快走～～
＊跑

呃……

在貓咪的世界裡，結婚時雌性有選擇對象的權利……

但是雄性沒有。簡單來說就是「來者不拒」，以專業術語來說的話則是「可悲的男人本性」。

可、可惡～
沒辦法了！我先上！

喵……喵吉拉小姐，請妳和我結婚。
ダッ
＊衝

嗚喵
不、不好了~~
爸爸~~
幹嘛大呼小叫的啊……
喵……
喵吉拉她……
生小貓了~~
嘎……
妳說什麼~~

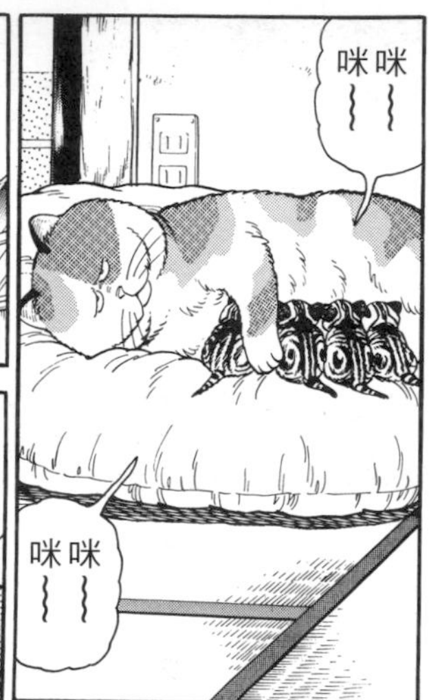
咪～～咪～～
咪～～咪～～

才想說她最近肚子還真大，原來是有寶寶在裡面～～
她肚子本來就很大……

而且你看！這個花紋。
咪
嗯……

太好了呢喵吉拉，
妳和大助結婚了～～

哪隻貓不好選，你偏偏跟那隻喵吉拉結婚！
只要是母貓你都好嗎？
「可悲的男人本性」……這只有身為男人才會懂。

THE END

Vol.113
貓的一天
麥可

麥可早上六點起床。

首先做點運動。
ドドドドド
＊咚咚咚咚

ドドドドド
＊咚咚咚咚

因為運動的聲音太吵，
主人起床了。

6點20分吃早餐。

6點25分拉屎。

神清氣爽後，

6點35分睡覺。

＊轟——

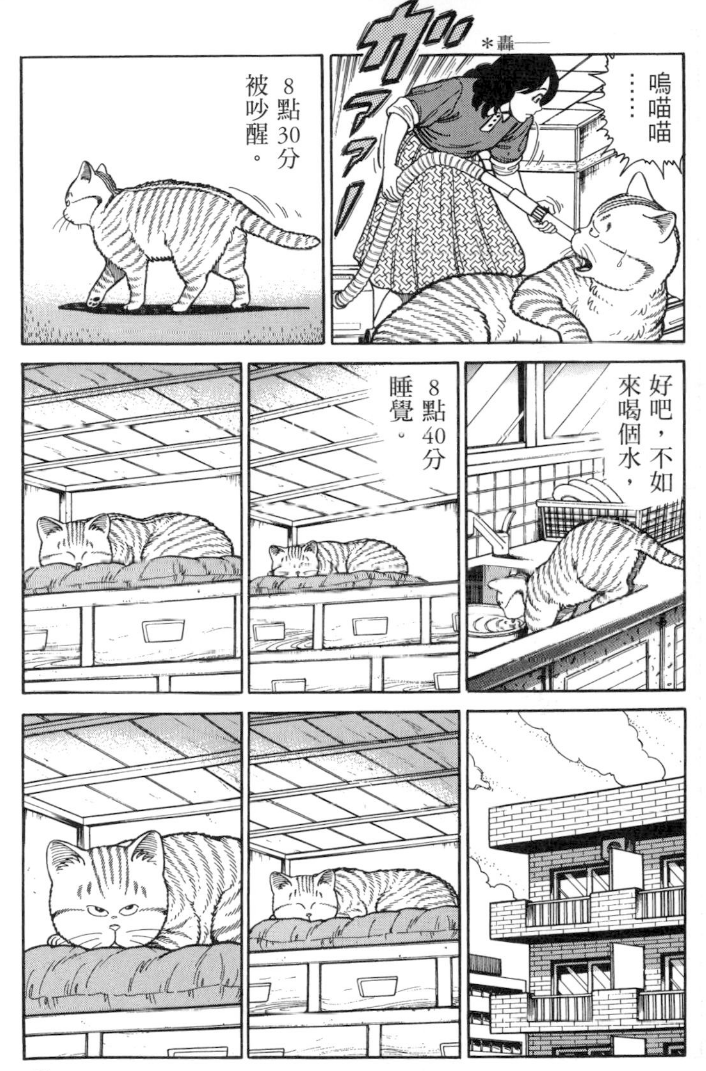
ガァァー
＊轟──
嗚喵喵……
8點30分被吵醒。
好吧，不如來喝個水，
8點40分睡覺。

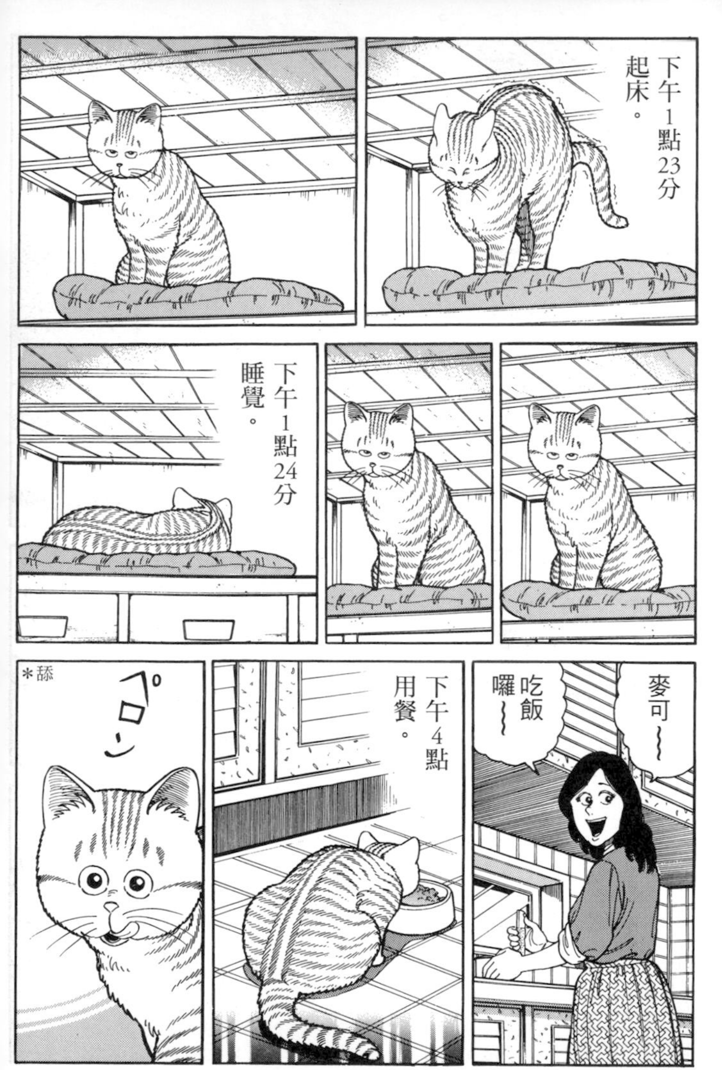
下午1點23分
起床。
下午1點24分
睡覺。
麥可~~
吃飯囉~~
下午4點
用餐。
ペロッ
*舔

下午4點20分
閒閒沒事做，
睡覺。

然後在晚上
10點起床。

好吧～～
該活動活
動了！
ダッダッ
嗚喵喵
喵～～
心裡這
麼想……
*跑

咦……

……
……

因為主人在睡覺，
就跟著一起睡了。

如你所見，貓就是這樣睡一整天。

比起來，漫畫家……

根本沒有睡覺的空檔啊。

少說謊了～～
明明比貓還會睡，
你這個只會睡覺的漫畫家！

THE END

Vol.114 喵丸

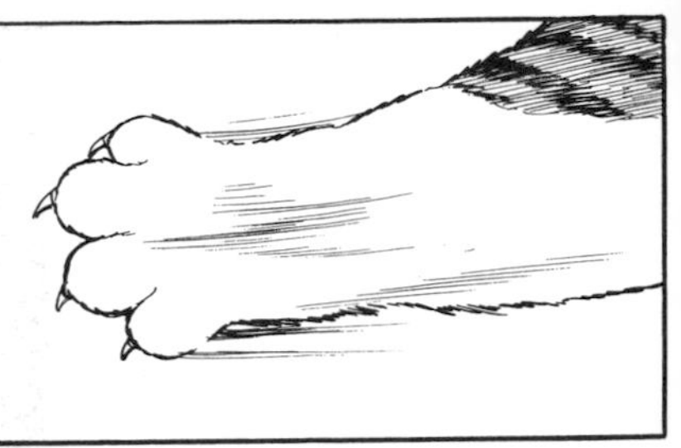

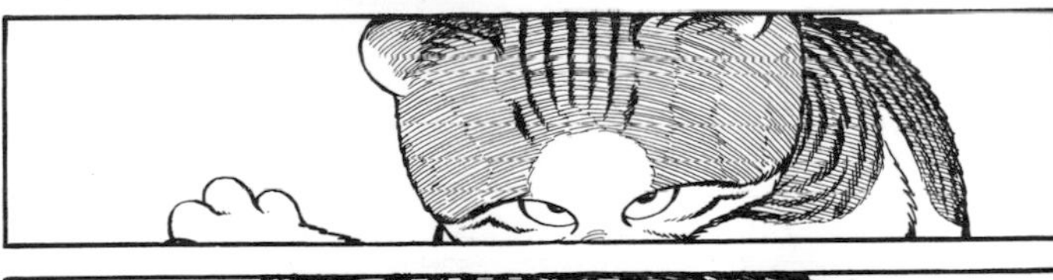

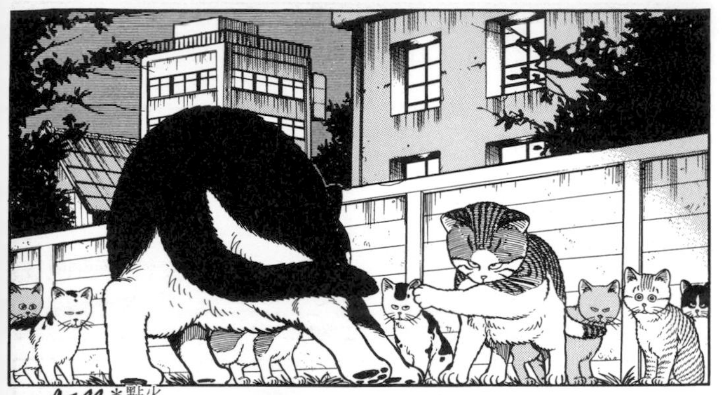

貓咪社會學研究學者
今林誠教授
述說當時的樣子。

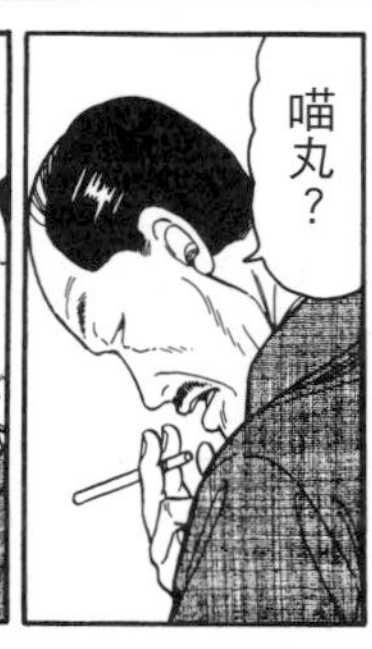

喵丸？

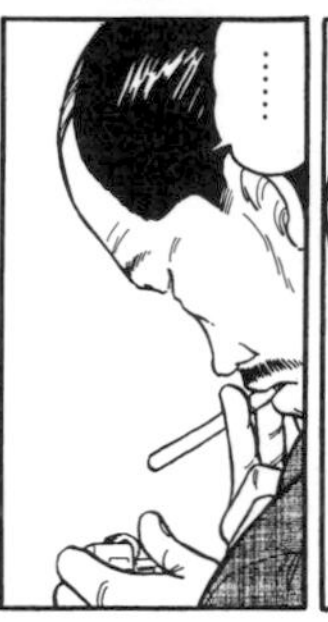

……

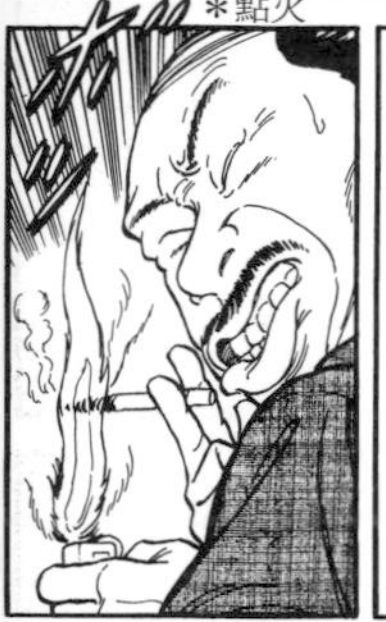

＊點火

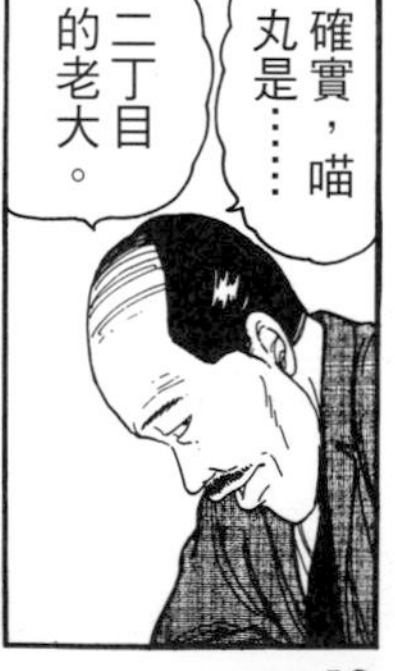

確實，喵丸是……
二丁目的老大。

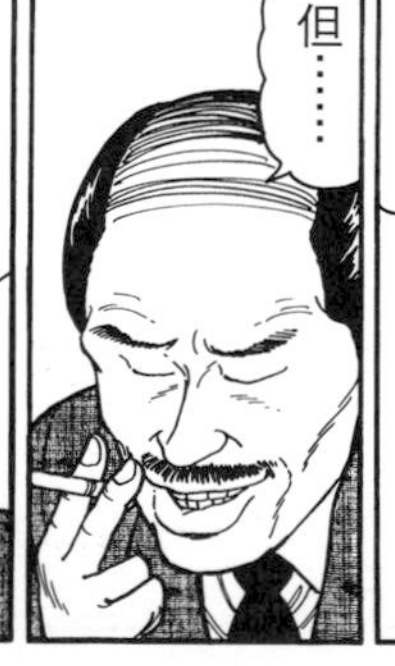

但……

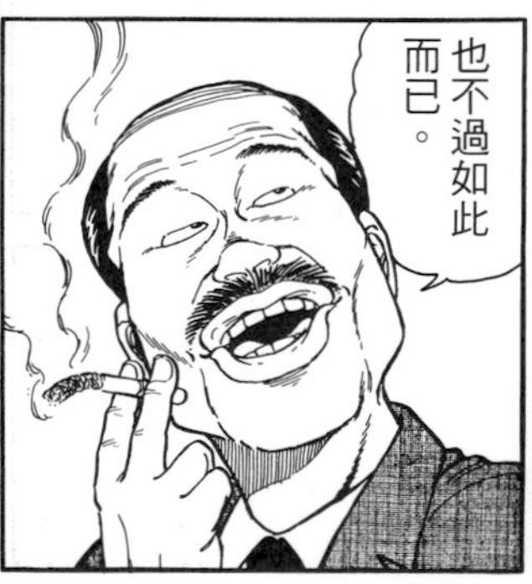

也不過如此而已。

根據敘述，
那天晚上，
喵丸忽然從二丁目
消失了。

當時，據傳和
喵丸有情侶關係
的肉舖小花
這樣說。

……
……

喵丸再度
回到了
二丁目，
正確說法是
九天又
六個小時後……！

……
……
……

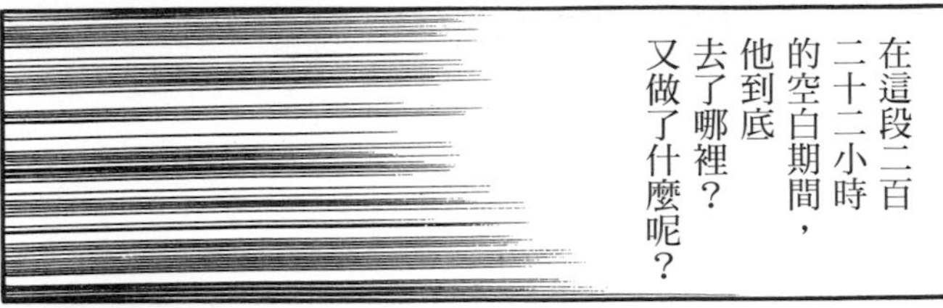

在這段二百
二十二小時
的空白期間，
他到底
去了哪裡？
又做了什麼呢？

岬商業高中柔道社
顧問五十嵐六段
這樣說……

因此，
喵丸的主人
松原英子
道出真相了。

對，他去做
結紮手術正
在住院。
因為不想
讓他到處播
種，又只會
打架，呵呵
呵呵。

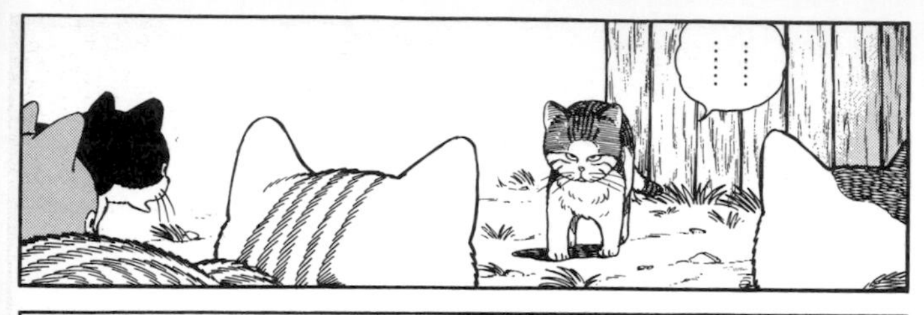

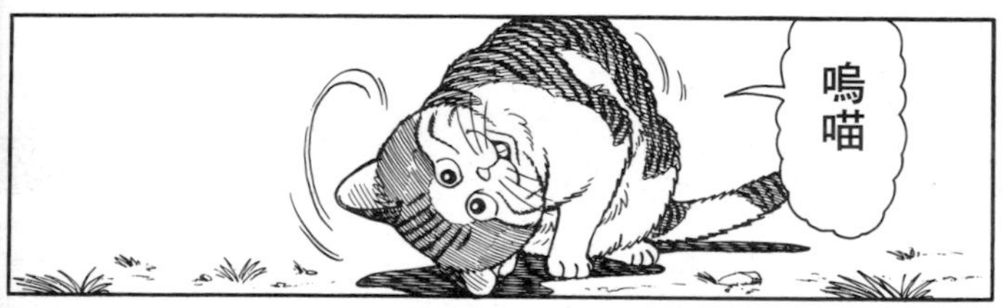

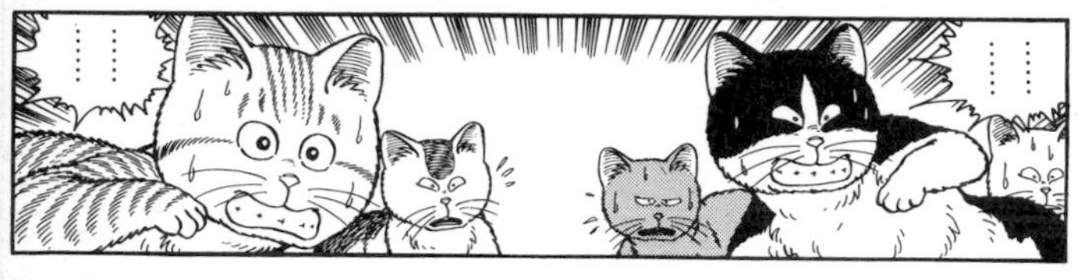

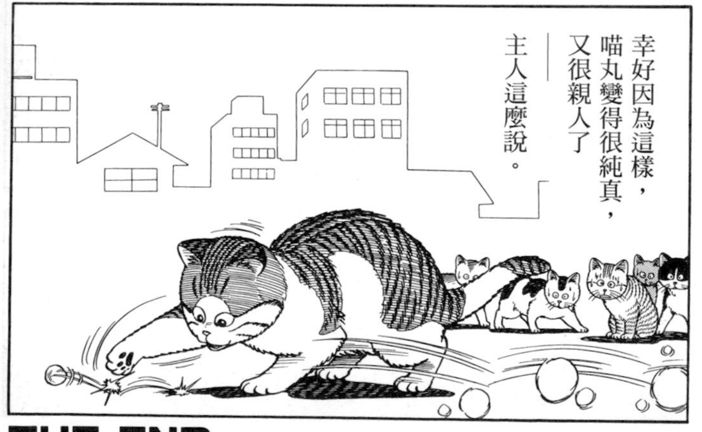

幸好因為這樣，
喵丸變得很純真，
又很親人了
——
主人這麼說。

THE END

Vol.115 雪國的夏日物語

雪國的夏天果然也很熱啊！
ドドドド
*嘟嘟嘟嘟

這篇是一個男人，
堅強生活在如此酷暑之中的故事。
*哦

ザ
*颯

呼哈～～～！
好熱～～～！

ガラ
＊嘎啦
哎呀～好熱好熱。
喂，倒杯冰的麥茶給我。
好唷，辛苦了。
呼～～來開個冷氣好了。
雖然我其實不太喜歡冷氣……
＊嗶
そよ～
＊微風吹
哎呀～真涼啊……

咦……
……
……

……
……

ピッ
運轉
*嗶

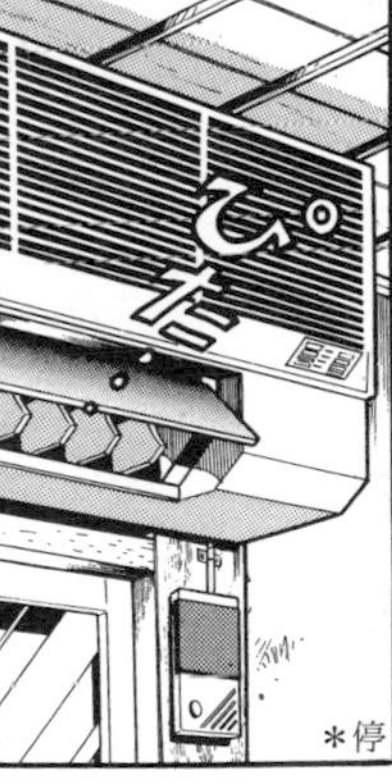
ぴた
*停

……
……

……
ピッ
＊嗶
そよ～
＊微風吹

……

ゲコゲコゲコ
ゲコゲコゲコ
＊呱呱呱呱

呼哈～～
＊起身
熱到睡不著啊……

……

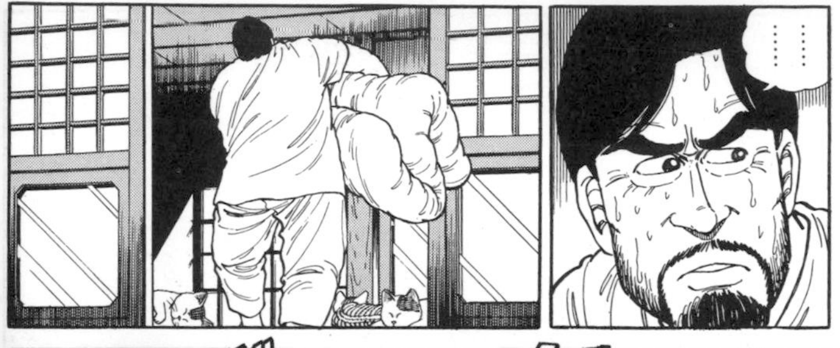

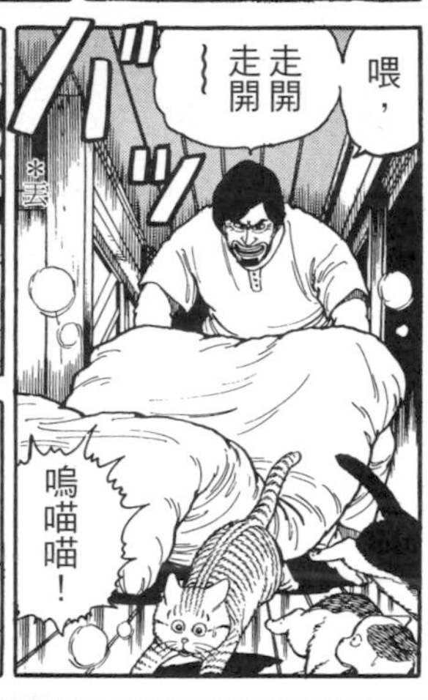

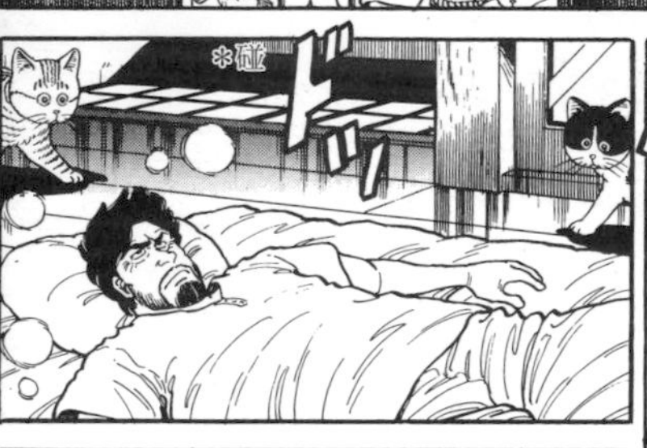

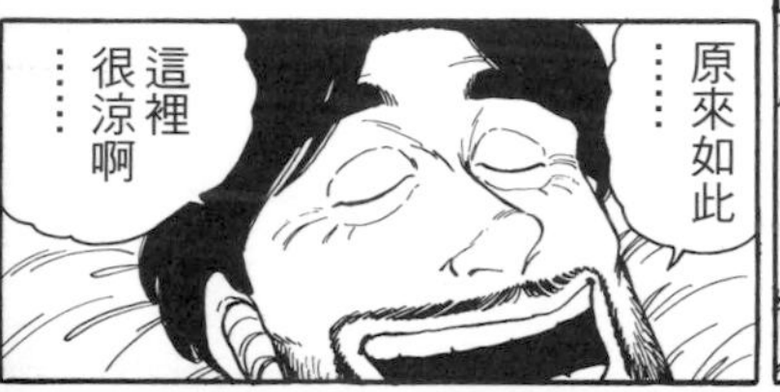

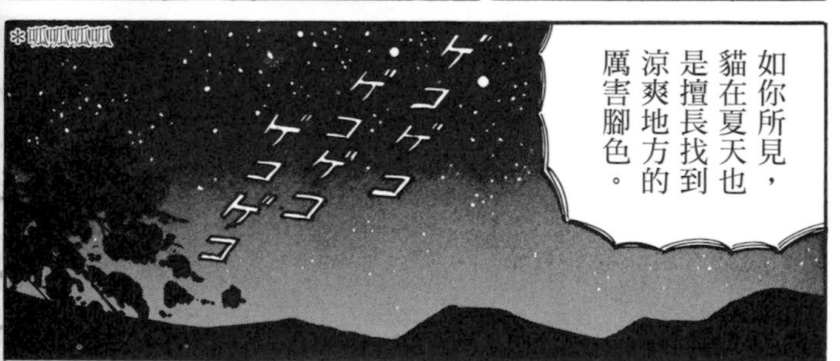

*呱呱呱呱
如你所見，貓在夏天也是擅長找到涼爽地方的厲害腳色。

THE END

Vol.116 小珠美

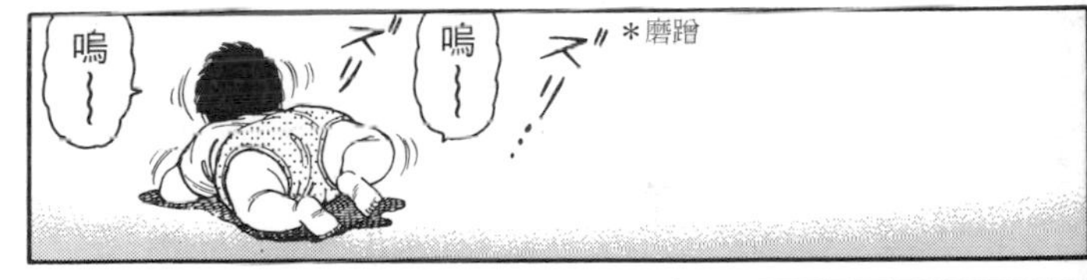

危險~
ダダダッ
*跑
真是的，眼睛一刻都不能離開妳。
乖乖待在這裡唷！
媽媽馬上就回來。
咦……
可惡~~
ドドドッ
不要偷走人家的配菜~~
*追打

站住~~~!
ダッ
嗚喵喵!
*衝

給我出來~~~

啊~~還有珠美，什麼吋候來的？
大家都快出來！

真是~~
不是跟妳說待在這裡嗎？

好啦，麥可和波波來吃飯了~~
嗚喵

來吧！
嗚喵
接下來，該給珠美餵奶了~~
咦……
嚼嚼
嗚喵
嗚喵
啊啊~~

搞什麼～～～！
不可以吃麥可他們的飯啦～～～
ダッ
＊奔

ビタン
＊啪

ビタン
＊啪

波波會用尾巴陪珠美玩耍……

＊沙沙！
ザッザッ

麥可會教珠美
廁所的使用方法。

他們相親相愛是很好……

但是，珠美如果變成貓少女的話該怎麼辦……
別……別說那種蠢話……

各種擔心卻沒完沒了。

THE END

Vol.117
SHOW TIME

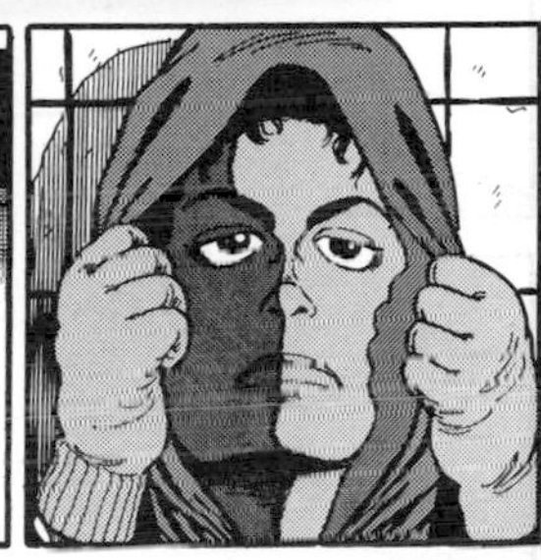

把錢拿出來。

我身上只有竹輪。

誰要那種東西！快給我滾！
真是對不起～～
＊逃跑

啊！
＊碰

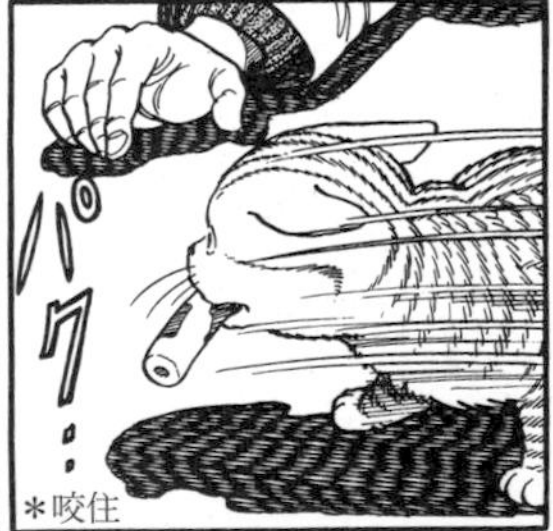
＊咬住

啊～～
＊奔

慢著～小偷～！
ドドドドッ
*追
你這隻小賊貓！我一定會逮到你！
……
*衝出
*衝出
バッ
バッ

*註：此段模仿麥可‧傑克森的歌〈Bad〉MV中舞蹈

THE END

Vol.118
找東西

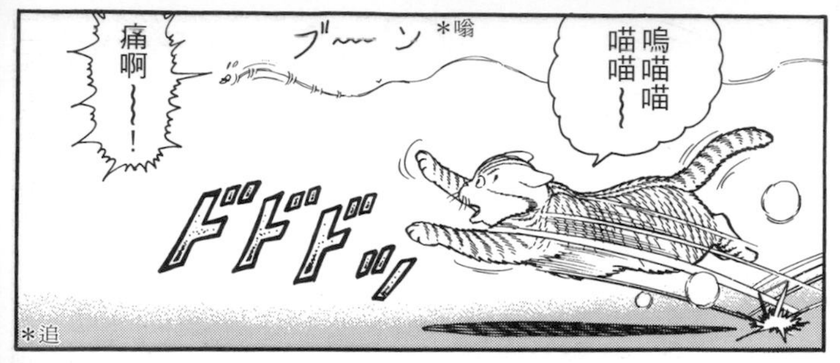
嗚喵喵喵喵～
ブ～ン
＊嗡
痛啊～～！
ドドドッ
＊追

ブ～ン
＊嗡
ダダダッ
嗚喵喵～！
＊快跑

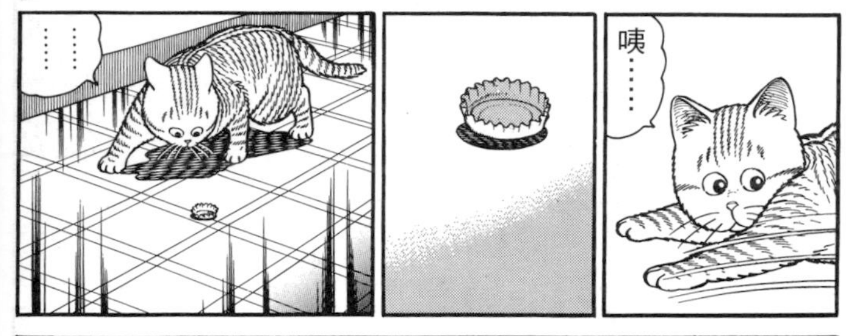
咦……
……

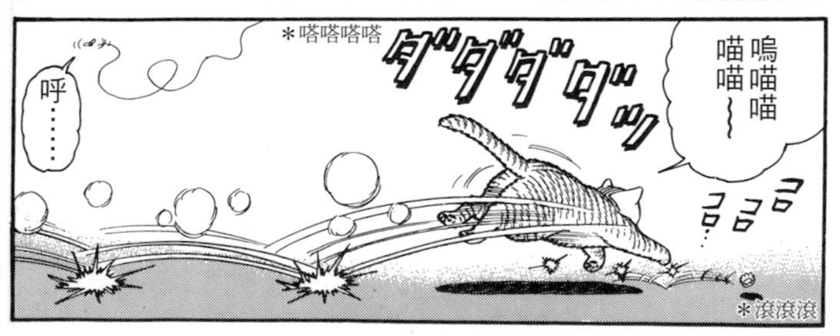
嗚喵喵喵喵～
ダダダダダッ
＊嗒嗒嗒嗒
呼……
コロコロコロ…
＊滾滾滾

ガサガサ
＊嘎吵嘎吵
コロコロ…
嗚喵
＊滾滾

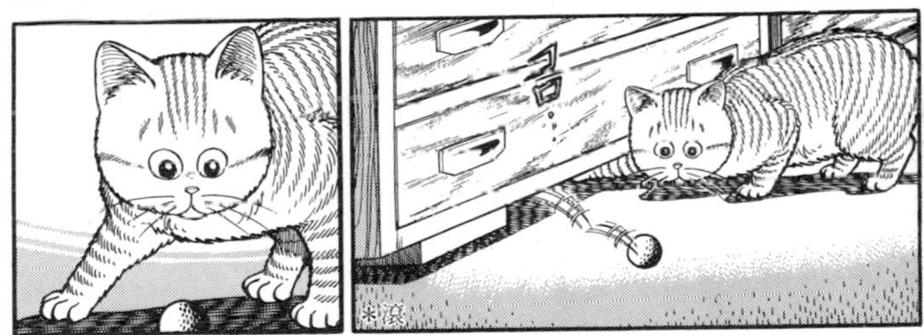
コロ…
＊滾

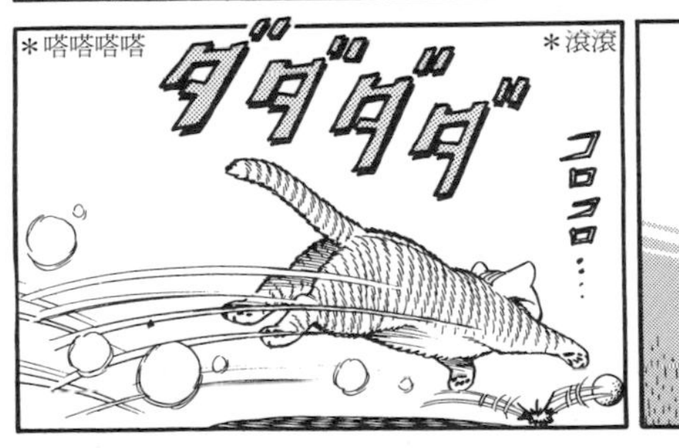
ダダダダ
＊嗒嗒嗒嗒
コロコロ….
＊滾滾

コロ…
＊撥

喵啊!
コロコロ...
*滾滾

ガサガサ
*嘎吵嘎吵

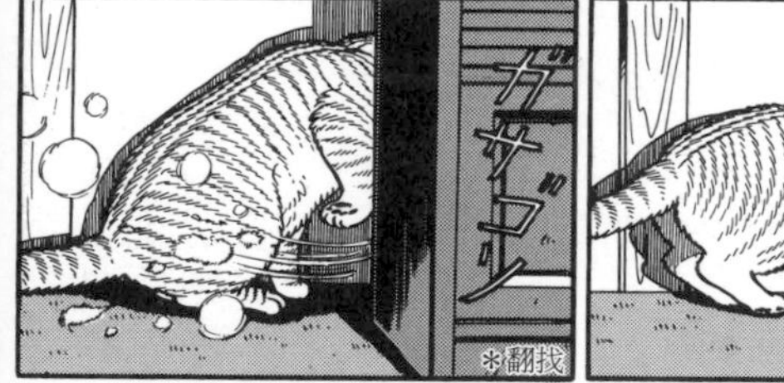
ガサゴソ
*翻找

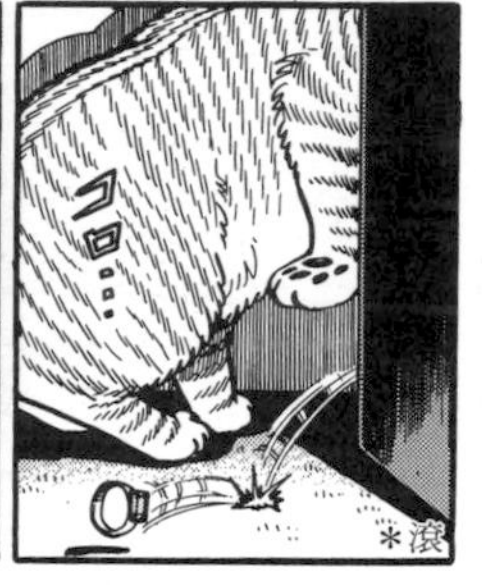
コロ...
*滾

嗯?

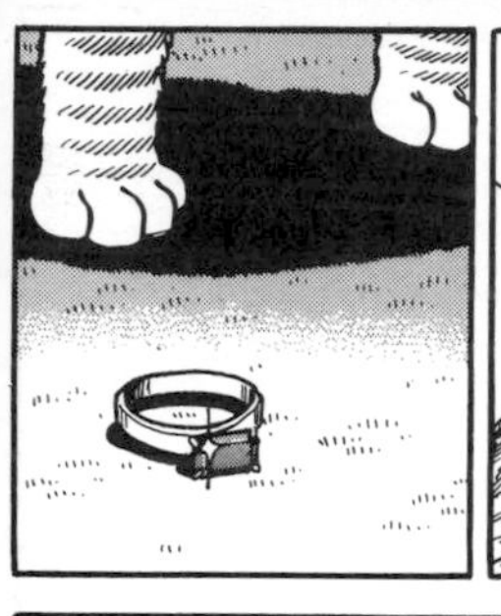

嗚喵喵喵
コロコロ...
*撥撥

怎麼了……

這不是我找了很久的戒指嗎？

謝謝你麥可，你幫我找到了真好～～
哈哈哈，麥可偶爾也會做些好事呢～～

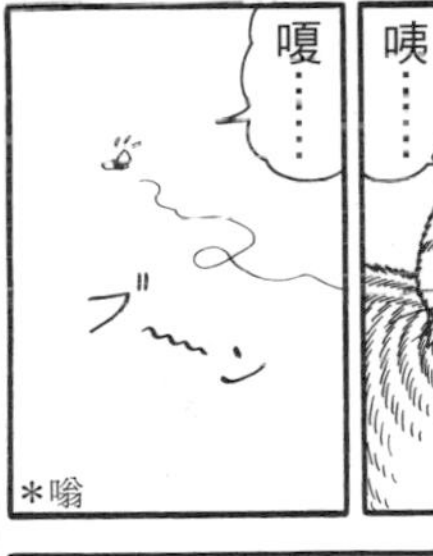
咦……
嘎……
＊嗡

嗚喵～～
＊跳

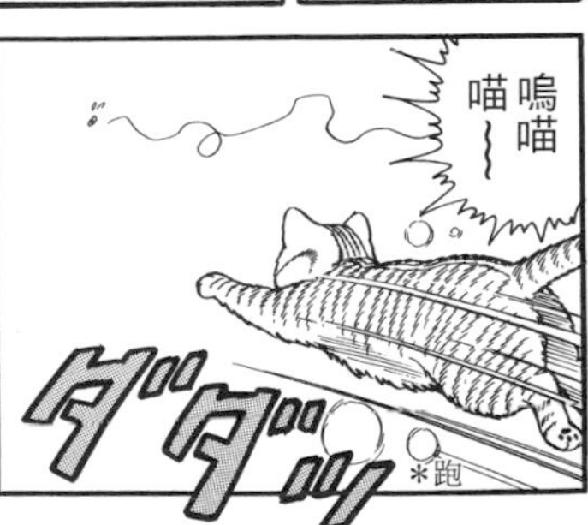
嗚喵喵～～
＊跑

＊碰
＊啪啦
咦……
啊！

這些錢是怎麼回事？
你又在藏私房錢了吧！
不是……
那、那些錢是……

那就先把錢放我這裡好了！
不要啊～～
麥可很擅長找東西呢……

THE END

Vol.119 賣不出去

好可愛唷～～！

我們是最喜歡貓咪的美女姊妹花，「喵樂園」是也。
欸欸，要選哪隻貓呢？
嗯～～好煩惱噢～～
但是，每隻都好貴喔～～

欸！大叔，有沒有便宜一點的貓呢？
咦……
金吉拉
120,000圓

那就看看這邊的吧！
雖然是很特別的品種，但只要一千圓。

咦～～真的嗎！
呀！呀！哪隻哪隻？
一千圓，好便宜噢～～
而且還是很特別的品種～～

小喵吉拉
1,000圓

……
……

……
怎麼樣？

嗯……
我們還是選金吉拉好了……
是喔。

一年後——
寵物商店 狗、貓、鳥、其他
傑西

妳看，是不是很可愛～～
那是波斯貓唷～～
暹羅貓
140,000圓
波斯貓

這隻是暹羅貓，
下一隻會是什麼呢？

小喵吉拉
100圓

……

嗚啊啊啊啊啊
沒事、沒事。
兩年後——
寵物商店
傑西
貓食
*碰
小喵吉拉
30圓
您沒事吧？
哎唷~~
嚇死我了~~

三年後——
寵物商店 狗、貓、鳥、其他
傑西

您好～
歡迎光臨！
貓食
請給我十個貓罐頭。
哪一牌的呢？
只要不是早安貓咪牌的，其他都可以。
好的！

……
小喵吉拉
免費奉送
……

……
貓食

貓食
這隻是貍嗎？
是貓。

如果你肯收養那隻貓，
我就把這些貓罐頭送給你。

呃……

……

小喵吉拉
免費奉送

……

不……沒關係……
總共多少？
是喔……剛好一千圓。

……

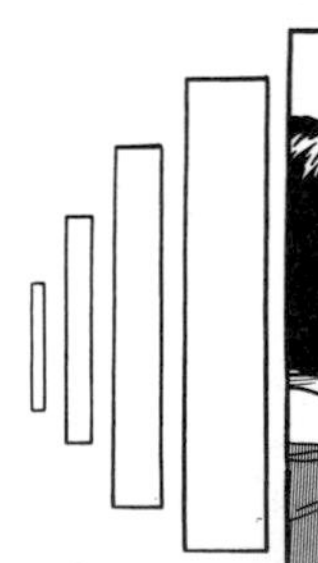

THE END

Vol.120
我行我素

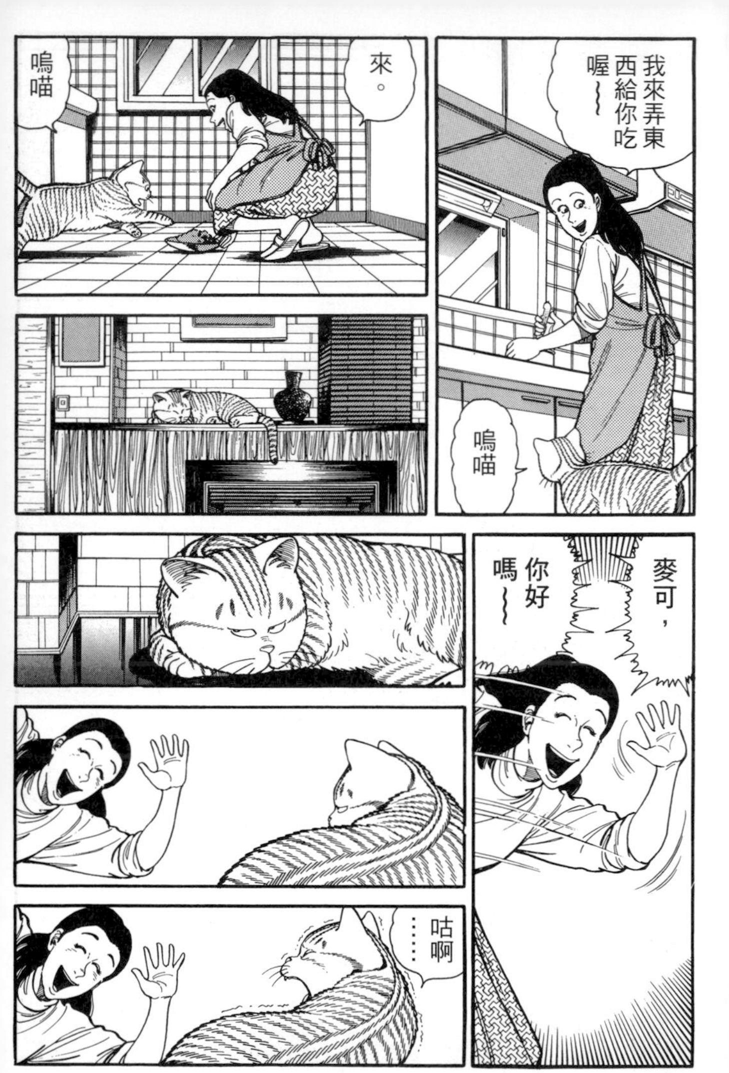
我來弄東西給你吃喔~~
嗚喵
來。
嗚喵
麥可，你好嗎~~
……咕啊

是說，
你肚子不餓
的時候，
還真不可愛……
*跳
*嘰
*轉下
麥可很聰明。

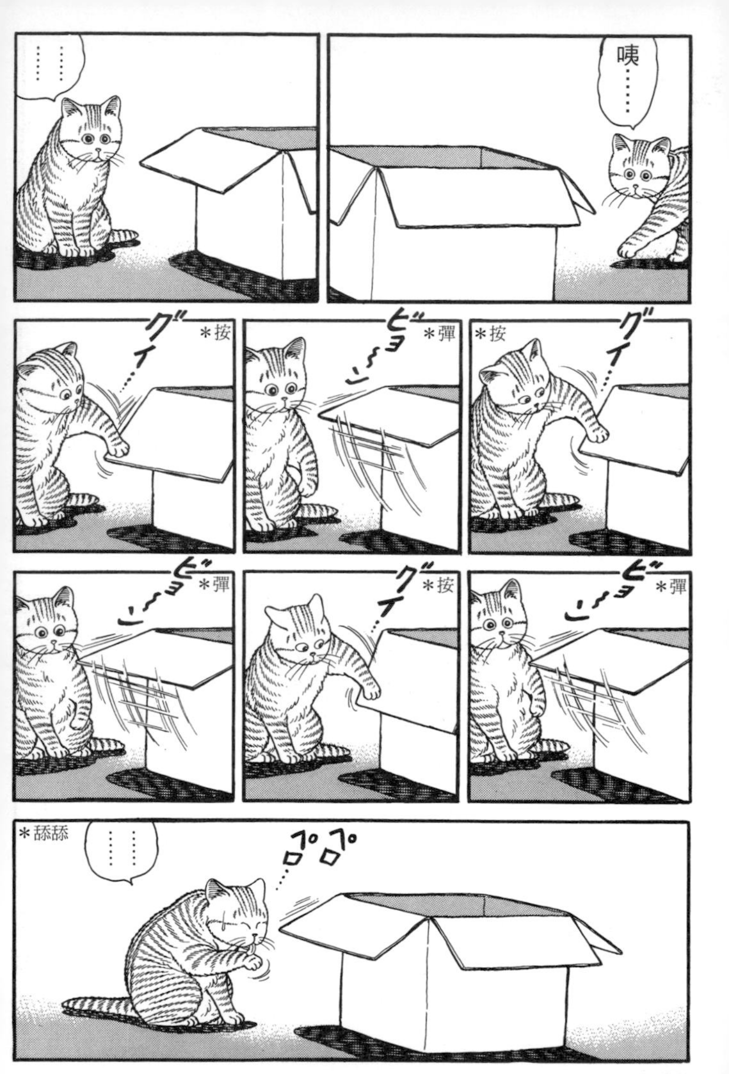
咦……
……
＊按
グイ…
＊彈
ビョ~ン
＊按
グイ…
＊彈
ビョ~ン
＊按
グイ…
＊彈
ビョ~ン
＊舔舔
……
ペロペロ…

*拍
ブッ

*彈
ビョ〜ン

*拍
ブッ

但有時候，
腦袋也不是
太好。
*彈
ビョ〜ン

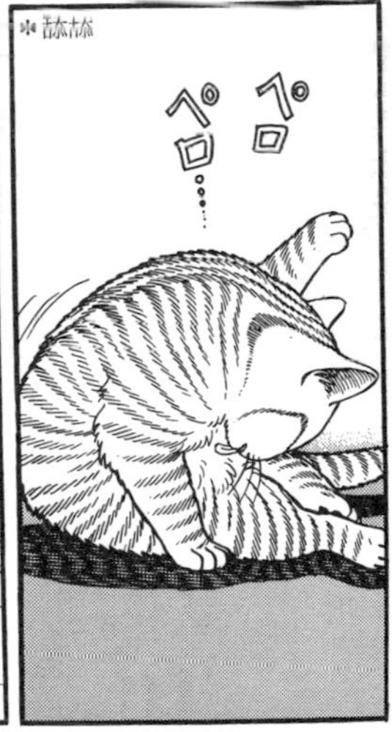
*舔舔
ペロ
ペロ……

麥可
很愛乾淨。
*舔舔
ペロ
ペロ

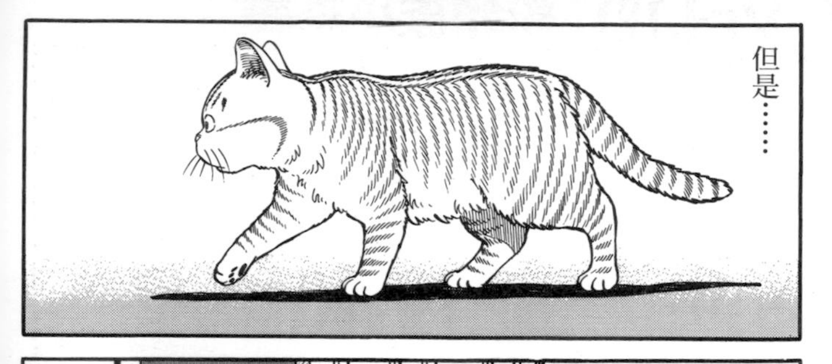

THE END

Vol.121 粉領族小珠美

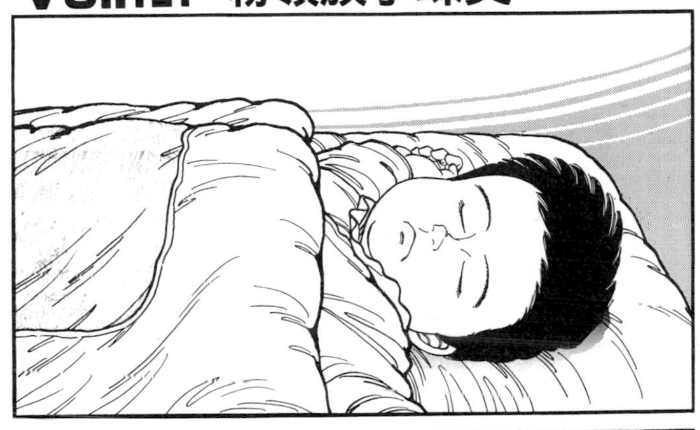

呼~~終於睡著了。
辛苦妳了。

但是，睡相這麼可愛，到底在做什麼夢呢……
一定是夢到長大之後的模樣吧！

哈哈哈……

……

……

貓又商事

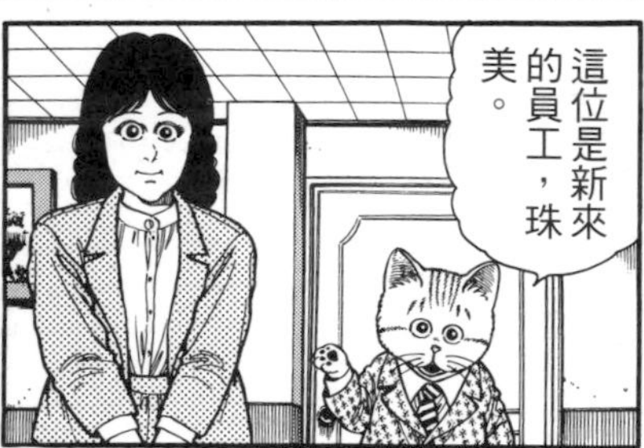

這位是新來的員工，珠美。

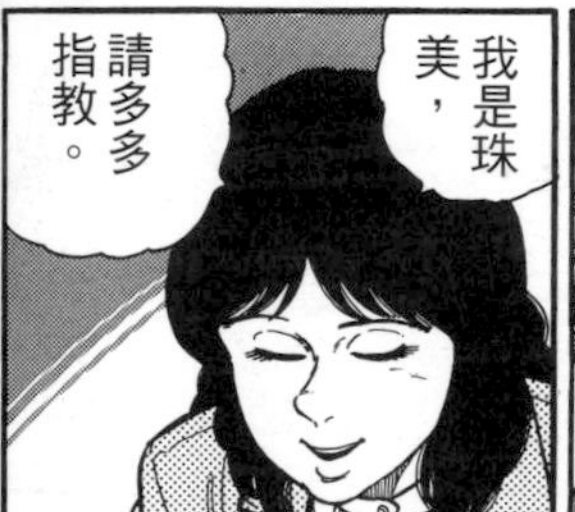

我是珠美，
請多多指教。

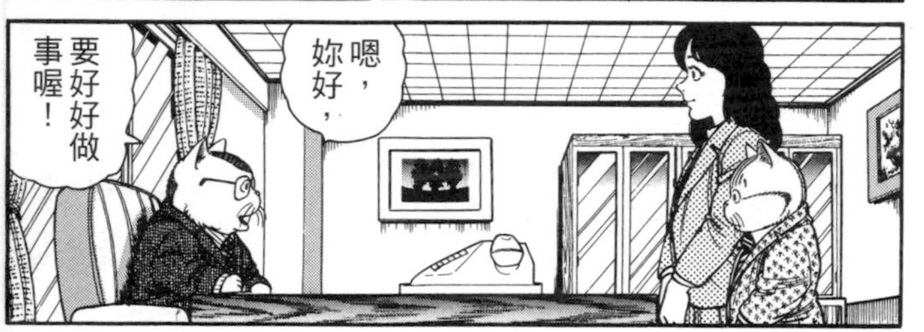

嗯，妳好，
要好好做事喔！

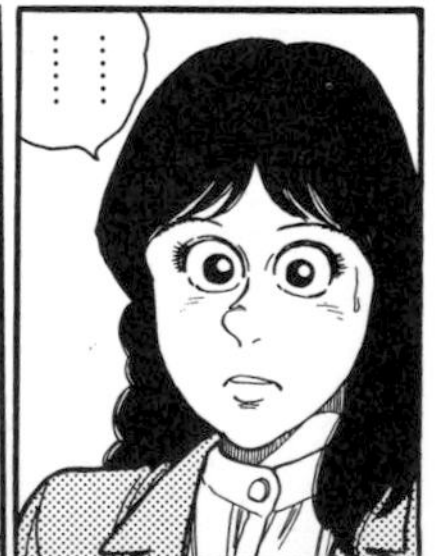

……

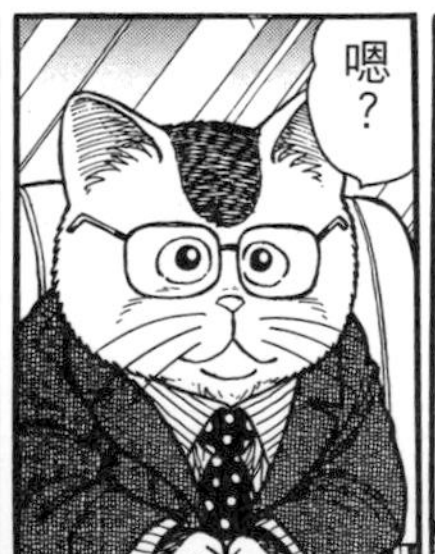

嗯？

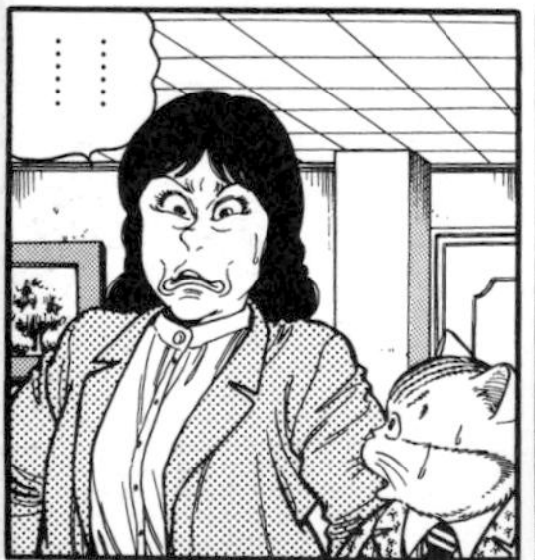

……

嗚啊啊啊～～
怎、怎麼了啊～～
啊啊～～
到、到底是怎麼了！
啊啊嗯～～
抱歉，這孩子十分怕生。
什麼～～

總……總之，這裡是妳的位子，請在這裡稍等一下。
好！（吸鼻子）
……

……

……

……
……
……
……
啊～～那個不能吃～～
把危險物品全部拿走！
珠美喜歡什麼都往嘴巴裡塞。
是！
那個，珠美，幫我把這份資料拿去影印。
好。
……

ビリッ
＊撕
啊～～
哇～～哇～～
バタバタ
好了、好了，我知道了～～
妳不用做了，去那邊休息吧！
＊亂揮
……
……
プルプル
＊顫動
部長～～！
珠美尿尿了～～！
什麼～～
快點幫她換尿布～～！

THE END

吉拉德
職業——刑警
Vol.122
絕喵追殺令 IV

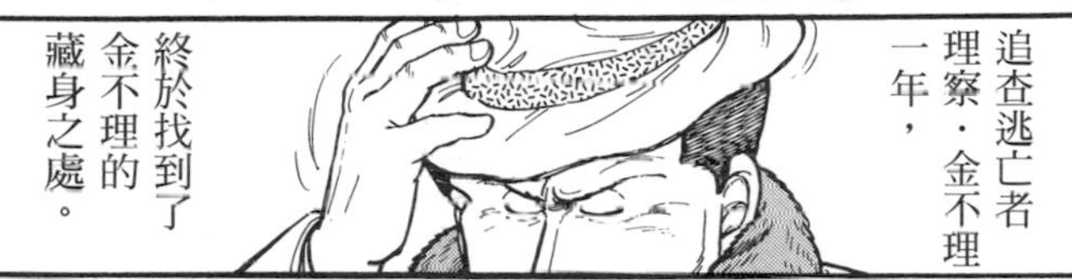
追查逃亡者理察·金不理一年，
終於找到了金不理的藏身之處。

五寿

*嘎啦
歡迎光臨！

要點些什麼？
啊……那個，
我想來詢問一些事情……

我聽說這個男的現在在這裡打工……
咦？

哎呀，這不是肯特嗎？
沒錯，他在這裡工作。

他現在去送外賣了，馬上就回來。
你是他的朋友嗎？
啊？

嗯嗯……
算是……

哼哼，原來在這裡叫做肯特啊！
終於要抓到你了，金不理。這一年真的好長……

可以讓我在這裡等他嗎……
順便再給我一份飯糰。
好唷！

嗯……
……

……

這是什麼動物啊？
是種叫做喵吉拉的動物。
請不用管她。

啊～

這……這還真是少見……

ボト…
＊撲咚

ボト…
＊撲咚

嗯～～

……
……

好痛～～
救命啊～～
啊啊！

……

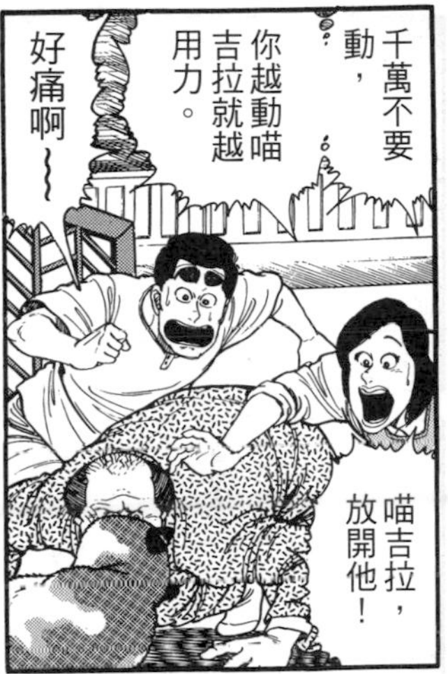
千萬不要動，你越動喵吉拉就越用力。
好痛啊~~
喵吉拉，放開他！

*嘎啦
我回來了~~

啊！肯特，你回來的正好！
啊！

終於找到你了，金不理！
束手就擒吧！

吉拉德！

快點抓住他！
咦……？

我是警察，
他是逃亡中的死刑犯！

什麼~~！
怎、怎麼會……

騙人！
肯特是個好人，他救活了從樹上掉下來、沒有呼吸的喵吉拉啊。

給你，快跑吧！肯特。
這是你做到今天的薪水！

謝……謝謝你們！
ダッ
啊啊～～

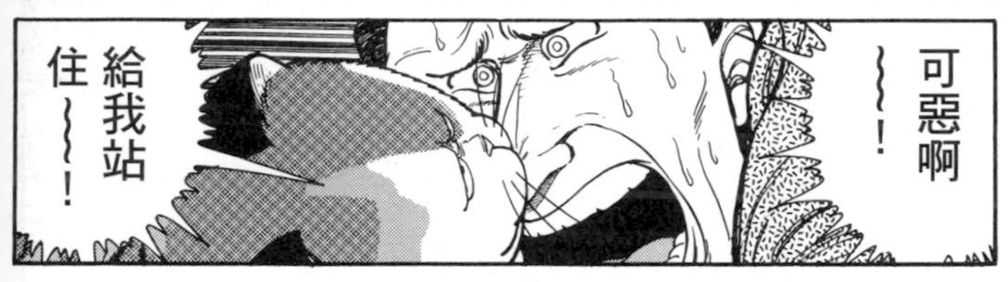
可惡啊～～！
給我站住～～！

理查・金不理職業——獸醫，
他的逃亡生活會持續到什麼時候呢……

THE END

Vol.123 搜查

ウウウウ
＊嗚哦嗚哦～
警県一川奈神
警県川奈神
警察

カシャカシャ
＊咔喳咔喳

推定死亡時間為下午兩點三十分，
看來是為了爭奪不動產的殺人事件。
唔嗯……

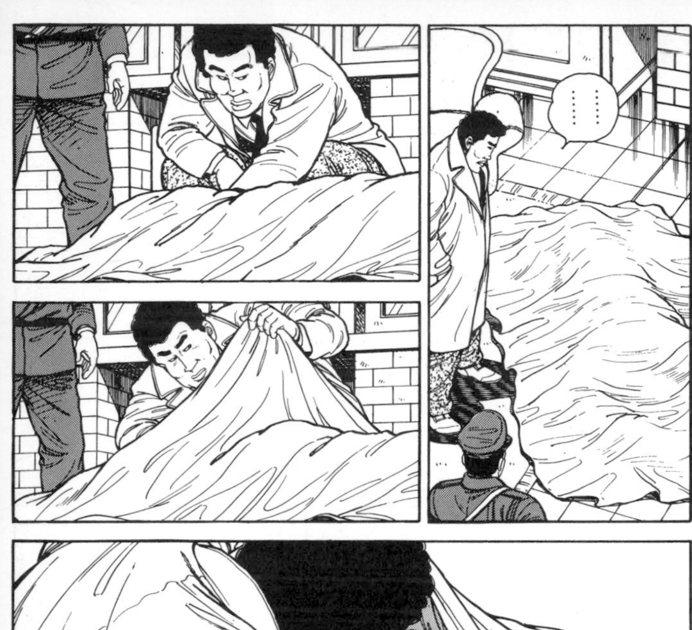
……
……

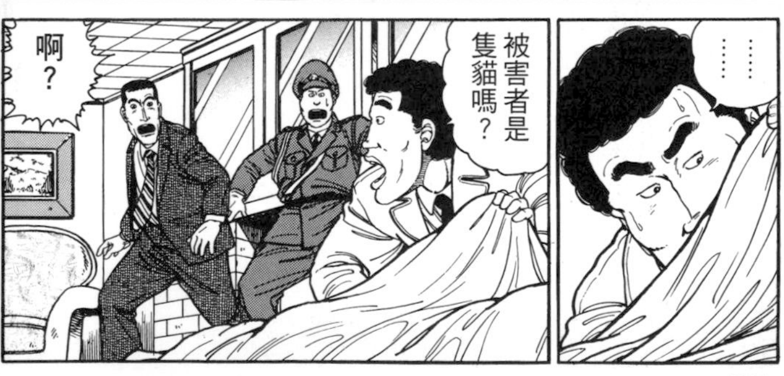
……
……
被害者是隻貓嗎？
啊？

啊~~又是這隻貓，
不要老是來妨礙搜查~~
……
*衝出
嗚喵喵！

啊！山村先生，
這裡有指紋。
什麼！
*衝

這隻臭貓～～！
滾一邊去～～！
嗚喵

嗯～～

咦……

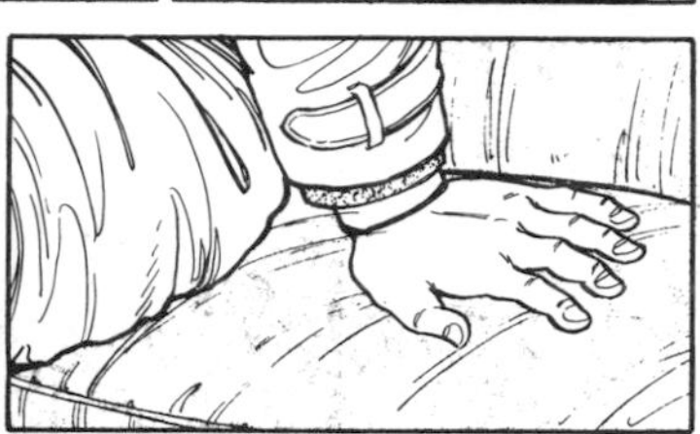

……

喂……這個位子還溫溫的，
犯人應該還沒跑遠。

剛剛貓咪窩在那裡。

啊！
這……這是什麼~~~!?
咦！
怎麼了~~~
不要碰。

THE END

Vol.124 音信

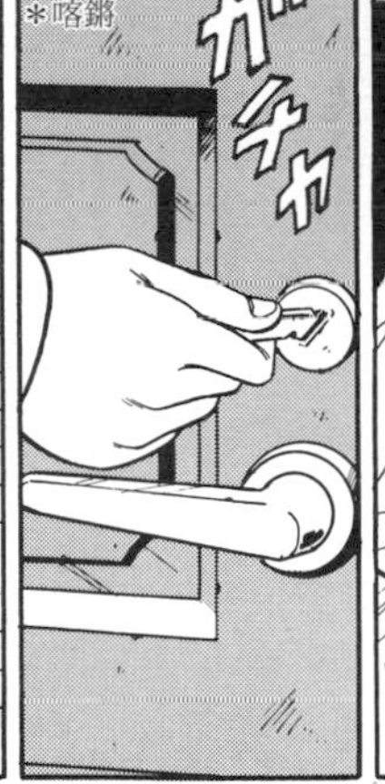

*啪噹
啊……

麥可不在了……

麥可已經不會跑出去了，我根本不需要這樣子進門啊！
喔～～麥可～～！

*轟

咦……

這、這個栗子……
這是麥可滾著玩的栗子啊……

麥可～～！
回來吧～～！

ギ……
*嘰

啊……

蟹……蟹肉棒還剩下一條……

我應該大方一點全部給你的啊！
原諒我麥可～～

麻煩您蓋章簽收～～

好～～辛苦了。

咦……

這是貓咪的廁所吧！
您有養貓嗎？
嗯……

麥可他，
不在了……

我好不容易忘記的，別讓我想起來……
對……對不起……
是死掉了嗎……

嗄！

不要說這種不吉利的話！
他因為打預防針、順便去洗澡，要在獸醫院住到明天啦。
真、真對不起～～

就這樣，麥可不在的這兩天，是非常非常寂寞的日子。
那麼，信一郎你也要注意身體，工作加油喔！
ＯＬ 立花禮子

根岸偵探事務所

根岸信一郎——

是名私家偵探……

謝謝妳的來信，麥可不在的這兩天，肯定很寂寞吧……
跟妳說，我打算換車了……
不知道現在是怎樣，但這兩人就這樣通起信來了……

THE END

Vol.125 午後

嘿！說過不行了唷！小花！

咦……

……

啊~
喂喂！
小瞳！

真是不好意思~~
哪裡……

不好意思，請教一下……
車站在哪一邊啊？

在那邊。

謝謝你。
不謝。

……
……

THE END

Vol.126
水劫
啦~~嗒啦啦啦啦啦
※嘩啦嘩啦

嚕啦啦嚕啦啦

啦~~嗒啦啦啦啦啦

嚕啦啦啦啦
※跳
嗚喵

呼呀呀～～
啊啊～～
*撲通
對不起！
プルプル
我不知道你要跳到我背上！
*甩甩
好～～吃午飯了。
嗒啦啦啦～～
ダッ
*衝
*滑

啊……
呼呀
＊砸
啊啊
啊~~~
＊嘩啦嘩啦
對不起啊~~
好不容易才弄乾的~~~
呼呀！
＊嘩啦啦
啊，下雨了！

糟了，得趕快收衣服才行。
＊嘎啦
＊奔
＊嘩
咿～～～！
＊衝
＊啪啊
呼～～還好沒有淋濕。
阿喵
嗚喵～～
嗚喵～～

ザァー
＊嘩啦啦
呼呀呀

咦，麥可去哪了？
麥可～～～！

啊！

バシャ
バシャ
＊嘩啦嘩啦

對不起～
今天真是太慘了～～
嗚喵喵！

根岸信一郎
是一名私家偵探——

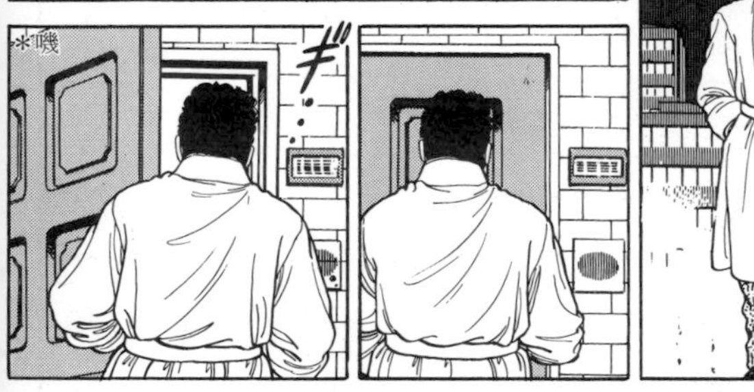
ギ
*嘰

我回來了～～
你回來啦，老公～～

今天麥可他超慘的～～
什麼？得小心一點才行啊！
不知道現在是怎樣，但這兩個人結婚了呢……

THE END

Vol.127 事情

喂，
倒茶！

但我沒辦法動啊……

你看。

他好不容易睡得那麼香，我一動的話他就醒來了。
我不能做這麼殘忍的事。

……
……
順便幫我倒一杯吧！
ジジリリーン
＊叮鈴鈴鈴
喂，電話響了……
但我沒辦法動啊……
＊叮鈴鈴鈴

你看。

……
是，
喂，我是今林。

欸，老公，幫我拿一下櫃子裡的盒子好嗎？
我搆不到。
嗯……
嘿嘿

我沒辦法動呢！
嗄……為什麼啊？

妳看。

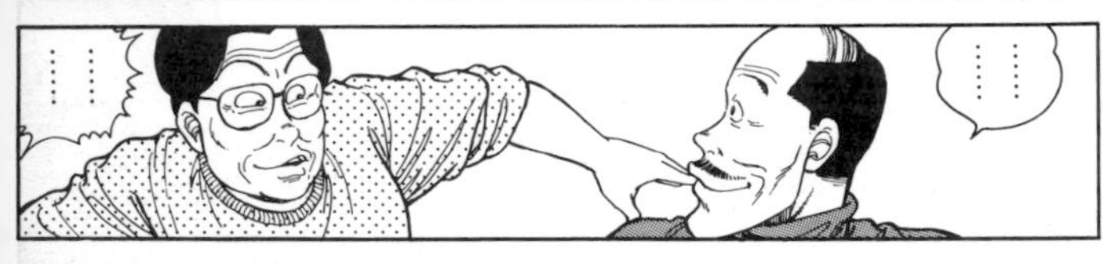
……
……

唔……沒有醬油了。
咦？

……
……

ダッ
*衝
ズザッ
*滑

耶~~我贏了。
妳去拿醬油過來吧!
可惡~~

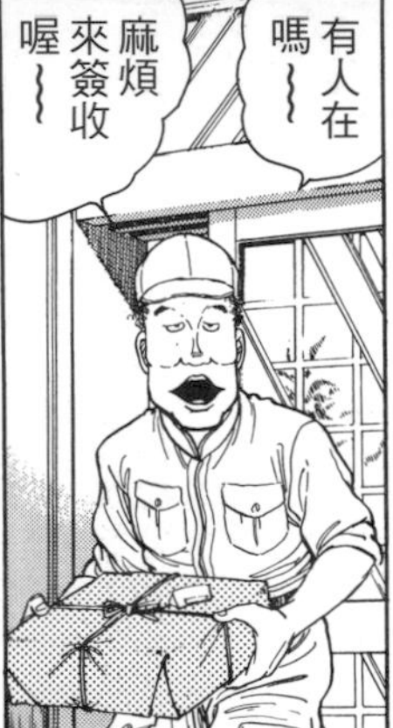

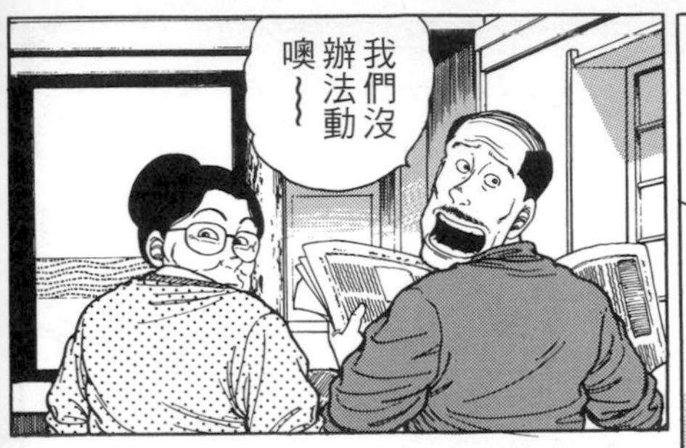

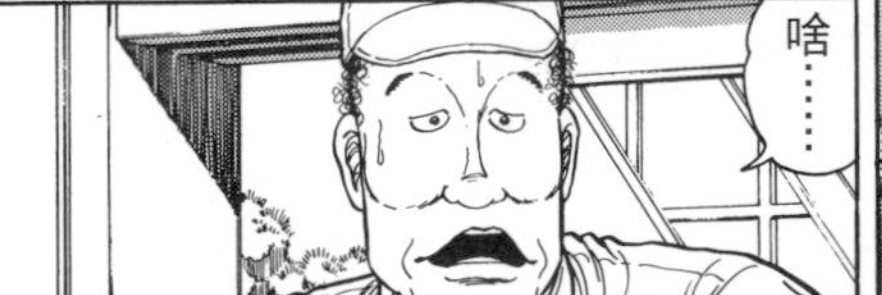

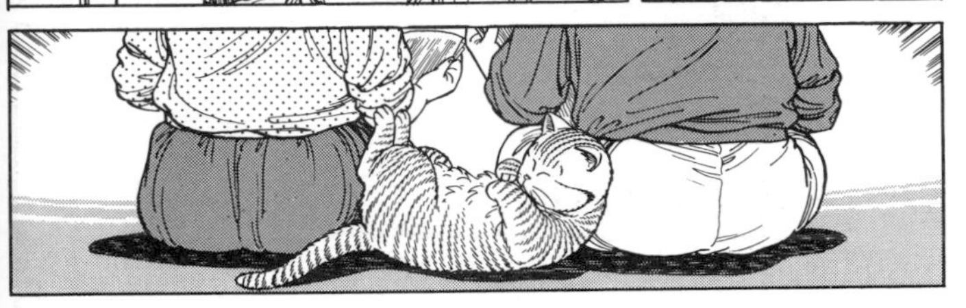

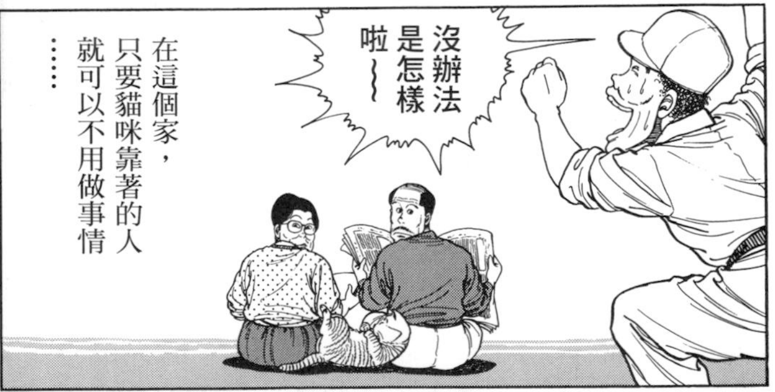

沒辦法是怎樣啦～～
在這個家，只要貓咪靠著的人就可以不用做事情……

THE END

Vol.128 柔道貓物語

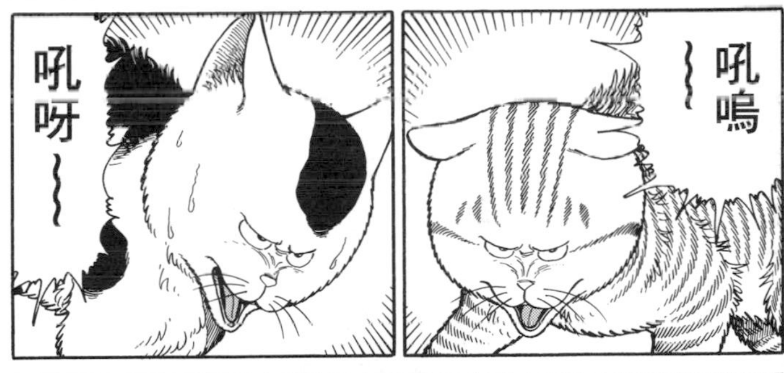

加油！加油！
呼哈呼哈
＊噠！噠！噠！

＊吼呀
＊吼喔喔喔
咦？

呼呀～
嗚喔～
……

呼嗚嗚嗚嗚嗚
嗚喔喔～

呼嘎嘎～
嗚喵喵～

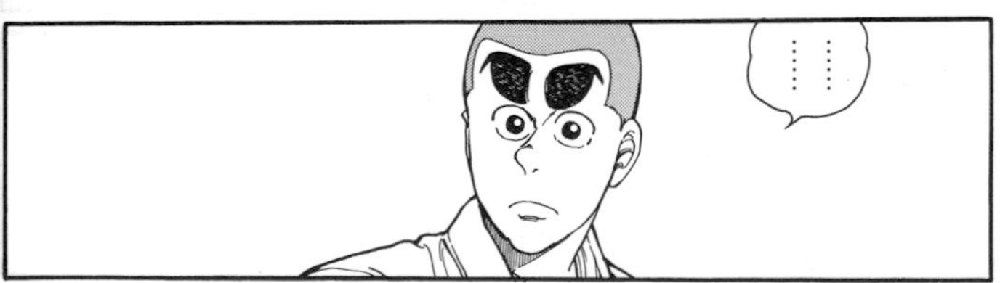
……

暫停！
嗚喵……
*轉
クルクル
*指
パッ
呼呀……
*抓
バッ
好，開始！
嗚喵～～
呼呀～～
*註：此為柔道裁判手勢，指選手缺乏積極戰意，雙手舉於胸前繞轉數次後，以食指指向受罰選手。

嗚喵喵！
*抓、抱、跳
呼呀～
暫停！
出界！
站到中間來！
……
*噠噠噠！
*噠！
開始！
嗚喵～
喵啊～
喵！
*抓
呼嗚～

嗚喵～
喵！
*啪喊

呼呀～
有效！
*碰

呼嗚～

*抓
嗚喵喵喵～
嗚喵！

*摔
嗚喵～
哇喵！

*磅
喵啊～

THE END

Vol.129
成長

大林先生家的麥可耶！
麥可～～～！你好嗎～～～！
咦……
他並不是麥可……

他才是麥可。

那麼，剛剛那隻貓是誰？

他是迷你可喔！

迷你可也在不知不覺間長大了呢！

但是，也因為他長大了，現在好難區分他跟麥可喔！
哈哈哈哈哈哈

迷你可雖然已經長大了，

但是不管長得多大
都還是個撒嬌鬼……

麥可最喜歡
的點心是小
魚乾。
嗚喵
嗚喵

但是波波討
厭小魚乾，
不會去吃。
可是迷你可
是麥可的小
孩，也很喜
歡小魚乾。

波波很喜歡
牛奶。
啜啜

但是麥可不
喜歡牛奶。

可是迷你可
是波波的小
孩，也很喜
歡牛奶。
啜啜

麥可很喜歡竹輪、蟹肉棒和柴魚片，

但是不吃乾糧、奶油和雞胸肉。

波波很喜歡乾糧、奶油和雞胸肉，

但是討厭竹輪、蟹肉棒和柴魚片。

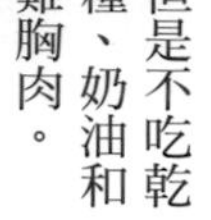

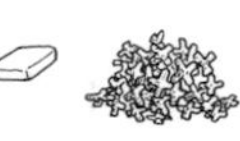
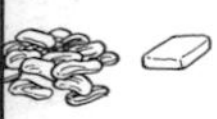

在這點上，因為迷你可是麥可和波波的小孩，

所以不管是竹輪、蟹肉棒、柴魚片、乾糧、奶油或雞胸肉，他全都很喜歡。

換句話說，就是像這張圖一樣啦！

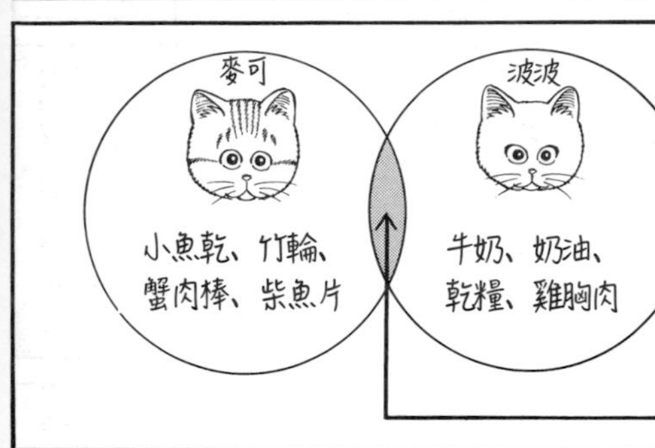

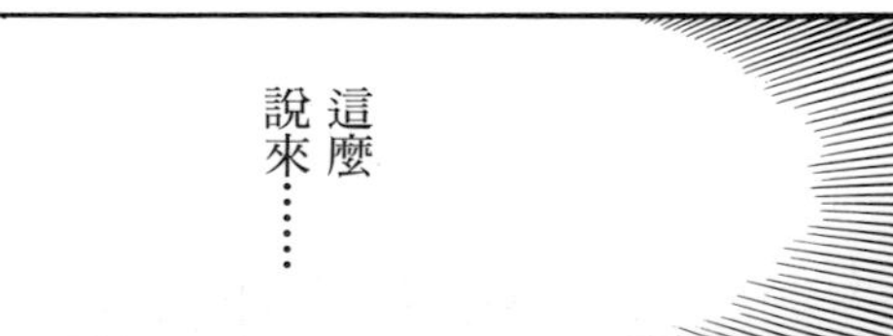

來～吃點心囉～～
今天是竹輪跟雞胸肉喔～～
喵～～
喵
迷你可也過來啊～～
吃點心囉～～
喵～～
ドス…
＊咚
ドスドスドス
＊咚咚咚
ドス…
＊咚……

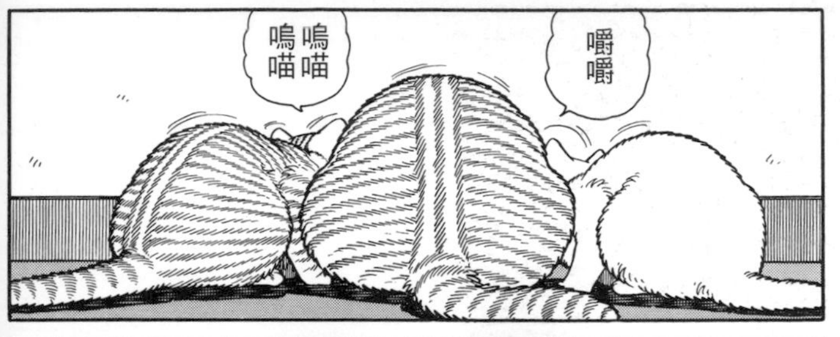
嚼嚼
嗚喵嗚喵

嗯……迷你可怎麼轉眼之間又長大了啊！
好在因為他長大了，現在終於又能區分他跟麥可了。

哈哈哈哈哈哈哈哈
哈哈哈哈哈哈哈哈

迷你可雖然又長大了，
ドスドス。。
＊咚咚

但不管長得多大都還是個撒嬌鬼。

THE END

Vol.130 玻璃鞋

很久很久以前，有個富翁的太太過世了。

失去媽媽的波波，每天都在媽媽的墓前哭泣。

不久後，新的媽媽帶著兩個姐姐來了。

但是，媽媽和兩個姐姐的心腸很壞，改叫波波為灰姑娘，而且瞧不起她，灰姑娘就是渾身髒兮兮的意思。

有一天，這個國家住在城堡裡的王子麥可打算舉辦舞會，波波他們家也收到了邀請函。

媽媽和兩個姐姐非常高興的去參加舞會，卻不讓波波跟她們一起去。

獨自留在家中的波波，寂寞得哭了起來。

然後，出現了一名一直看著波波的人。

那個人就是魔法教父偶豆桑。

妳是個溫柔的好孩子，我讓妳去參加舞會吧！

接著，魔法教父偶豆桑說了一聲「啊秋～」就開始做仰臥起坐。
然後怎麼了呢？
出現了一輛金色的馬車，波波身上沾滿灰塵的衣服，也變成漂亮的禮服。

好，這樣妳就能去參加舞會了。
但是，要在十二點之前回來喔！

好的！

就這樣，灰姑娘滿心歡喜地前往城堡。

太好了、太好了。

在那之後過了幾天。

某天，城堡裡的侍衛來到波波家。

我正在尋找可以穿下這隻玻璃鞋的女士。

哎呀，那就讓我來試試看吧！
我也要試！

不行，腳後跟塞不進去。
對我來說也太小了。

那麼，接下就請您來試穿看看。

啊……

沒用的啦！她怎麼可能穿得下那隻鞋！
但是，這可是麥可王子的命令，要讓全國的女士都試穿這隻鞋。

那麼……

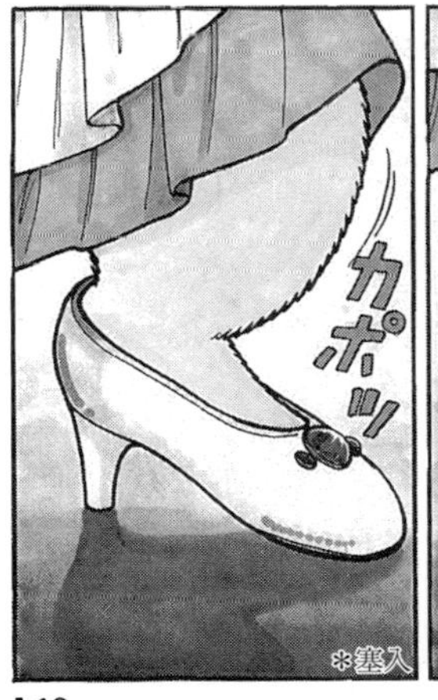
カポッ
＊塞入

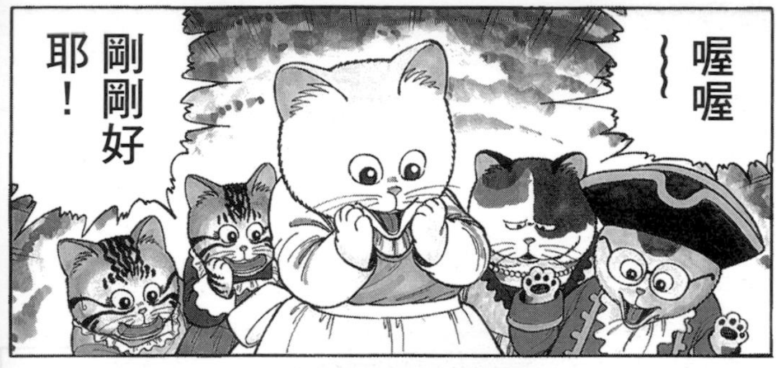
喔喔～～～
剛剛好耶！

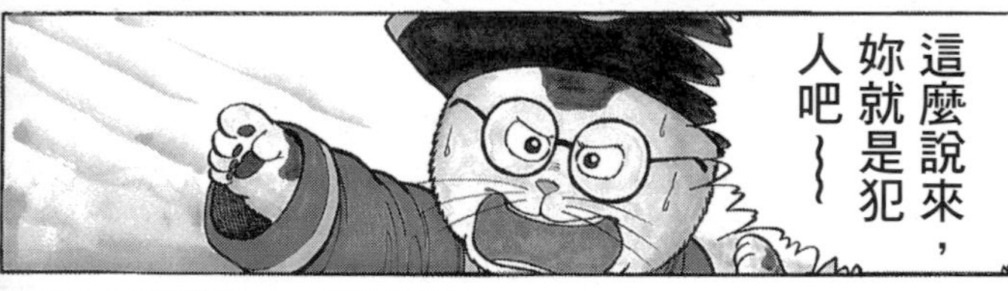
這麼說來，妳就是犯人吧～～～

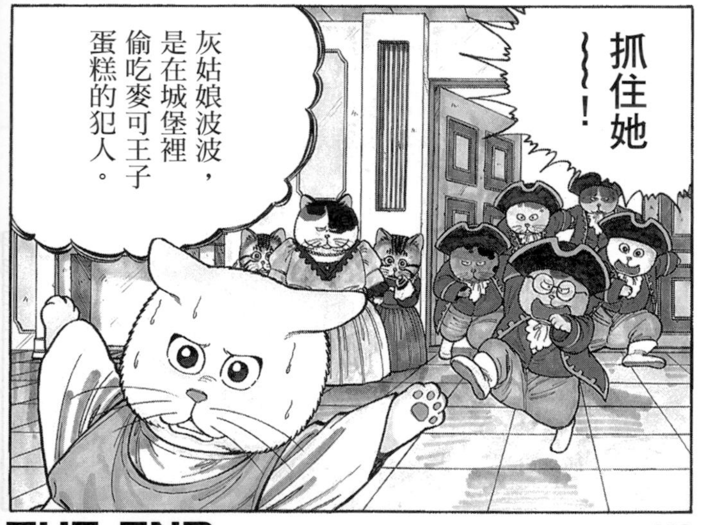
抓住她～～～！
灰姑娘波波，是在城堡裡偷吃麥可王子蛋糕的犯人。

THE END

Vol.131
醜小貓

貓咪的小孩正在吸奶。
「他們真的是很可愛的小貓對吧！」
貓媽媽非常開心。

但是，有一隻奇怪的小貓也混在裡面。

汪！

貓媽媽皺著眉頭這麼說。

怎麼有這麼醜的貓啊。

兄弟姊妹也一直嘲笑這隻貓。
哎呀~好醜的小貓。
醜小貓。

但是，這隻醜小貓還是拚命搖著尾巴，跟媽媽撒嬌。
汪汪汪汪
你這過動的貓，真是的！
ボカッ
*毆
不過只會惹媽媽生氣而已。

有一天，貓媽媽要教小貓狩獵的方法。
聽好，練習不發出腳步聲、輕輕走喔。
嗚喵！
咪吱~~~

＊悄悄……
ス…
ス…
ス…

＊悄悄……
ス…
ス…
ス…

＊抓抓抓……
ガッ…
ガッ…
ガッ…
ガッ…

我不是說要把爪子收起來走嘛！
到底要說幾次你這孩子才聽得懂啊！
ポカッ
咿呀！
醜小貓因為不會躡手躡腳的走路，老是挨罵。

現在是午睡時間喔！
我們在暖桌裡圍一圈吧！

咪吱～～
嗚喵～～

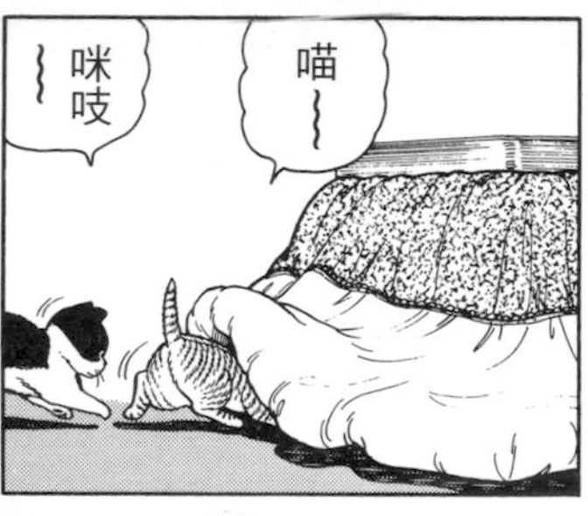
喵～～
咪吱～～

醜小貓也和大家一起鑽進暖桌。
汪汪汪

可是……

吁～～吁～～
卻熱到快喘不過氣了。

過來啊～萊西。
汪汪

醜小貓總是獨自坐在電視前看「靈犬萊西」。

怎麼看這麼無聊的節目。
ボカ
*毆
咿呀！
但每次都被貓媽媽發現，所以挨罵。

醜小貓在水邊照著自己的身影，
嘆了一口好大、好大的氣。

我長得一點也个像貓。
我到底是誰的小孩？
我真正的媽媽在哪裡？

你是狗的小孩。

啊！

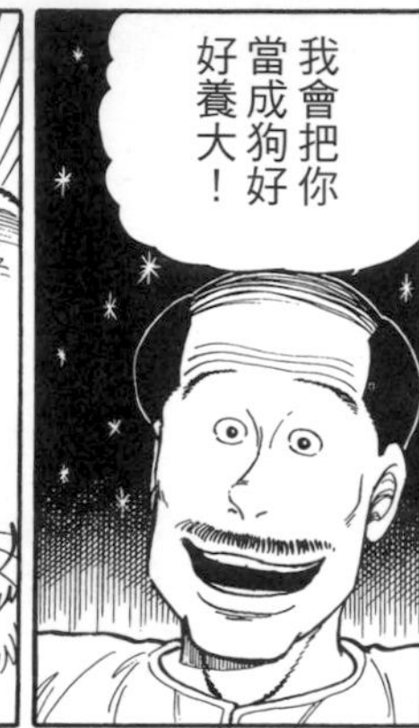

我會把你當成狗好好養大！

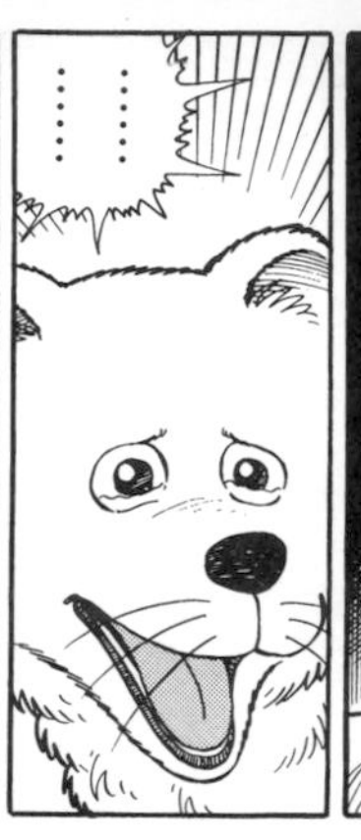

……
……

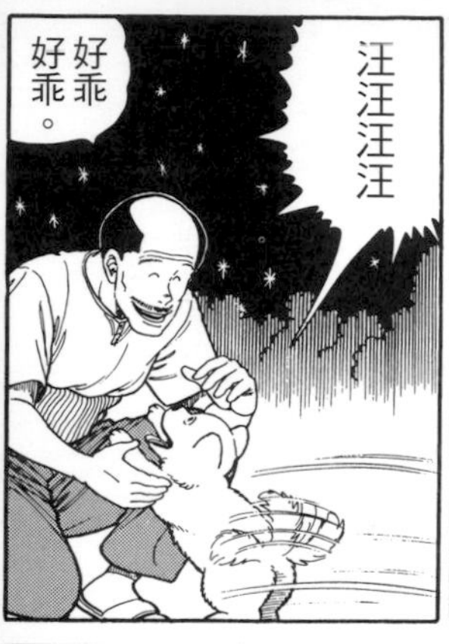

汪汪汪汪
好乖好乖。

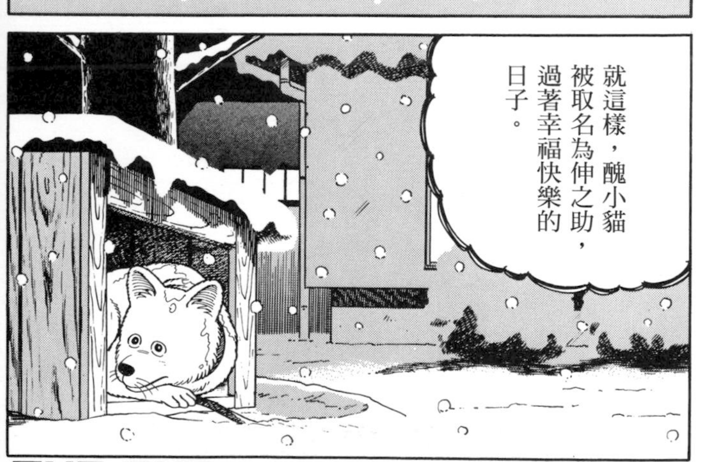

就這樣，醜小貓被取名為伸之助，過著幸福快樂的日子。

THE END

Vol.132 浦島伸之助

很久很久以前，
有個地方住著一名
叫做浦島伸之助的年輕人。

有一天，
伸之助在沙灘上看到
一群欺負小貓的猴子。

伸之助勸他們：
「喂喂，不能做
這麼可惡的事喔！」
但猴子不聽。
接著猴子說：
「想救他的話
就給我們零用錢。」

伸之助給了
猴子零用錢，
解救了小貓。

嘿，小貓，已經沒事了。以後要小心一點喔！

謝謝你。
為了報答你，就讓我帶你到喵宮城吧！

啊!?
喵宮城？

小貓帶著伸之助走進漆黑的洞穴。

接著，來到了喵宮城的入口。

*（喵宮）
歡迎光臨～～
客人一名，請帶位。
NYAR GU

感謝你救了我們家小貓。
呃……
今天就請你好好享受，
還有表演可觀賞喔。

我是桑妮～
我是卡蘿拉～
加水調製可以嗎？
好……好啊。
下酒菜要點什麼好呢？
那……那就來點骨頭……

給我骨頭～
好唷～骨頭一份～！
好啦～接下來是金吉拉的排舞表演～
スダスダーダーダ
咿耶～！
＊音樂聲

那個，伸之助先生要不要點首歌呢？
嗯……
TATABI

……
卡拉OK

那……
就來首〈分首仍愛的人〉。
卡拉OK

嘿～〈分手仍愛的人〉～！
咿耶～～

就這樣，伸之助忘了時間的流逝，享受其中。

但是，也不能一直待在這裡。
啊……我差不多該回去了……
嗄……！？你要回去了嗎～～

今天真的很謝謝你。
這個玉匣是送你的禮物。
回去後請盡快打開。

好。

就這樣，伸之助抱著玉匣，離開了喵宮城。
NYAR GU

啊～～
真愉快啊～～

這個玉匣裡到底裝著什麼呢？
打開來看看。

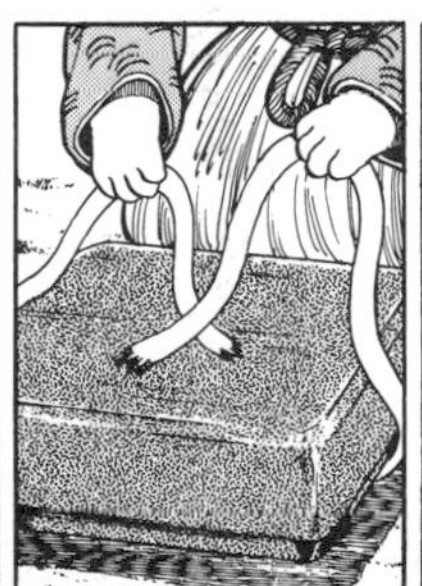

＊碰
ジタバタ
＊嗶嗶剝剝
嗯……
請款單 浦島伸之助先生
458,000日圓
喵宮城
請款單 浦島伸之助先生
458,000圓
喵宮城
就這樣，伸之助得知了世間的險惡。

THE END

Vol.133
拍照時機
岩橋健二（28歲）
自由攝影師

想要拍下貓最自然的樣子，野貓是最合適的。
他為了拍野貓，今天也遊走在城市內。

嗯，這是絕佳的拍照時機。

カシャッ
*咔喳

……

這種時候絕不能追過去。

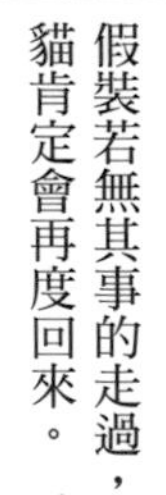
假裝若無其事的走過，貓肯定會再度回來。

……
……
很好～～
就是現在。
＊喀嚓
カシャッ
＊衝出
バッ

……

啊！

翌日配達
宅急便

カシャッ
＊咔喳

可、可惡！
等一下～

好~~在那裡不要動喔！
＊咔喳
カシャカシャッ
＊轟——
ガァアアーッ
天下御免

呼哈呼哈
呼哈呼哈
山田医院

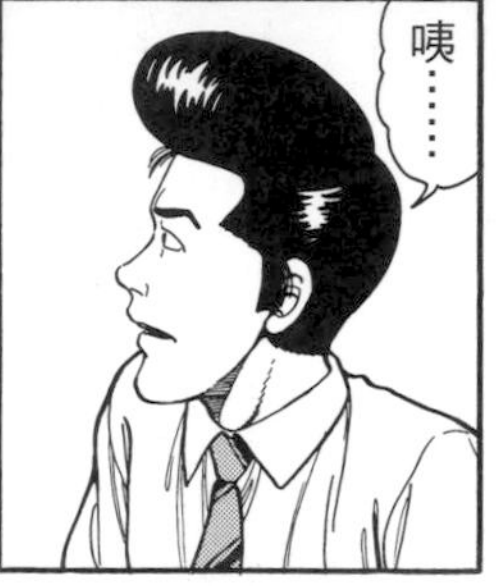

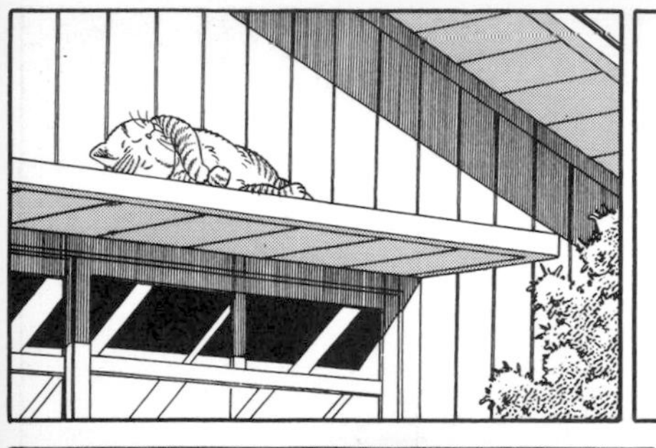

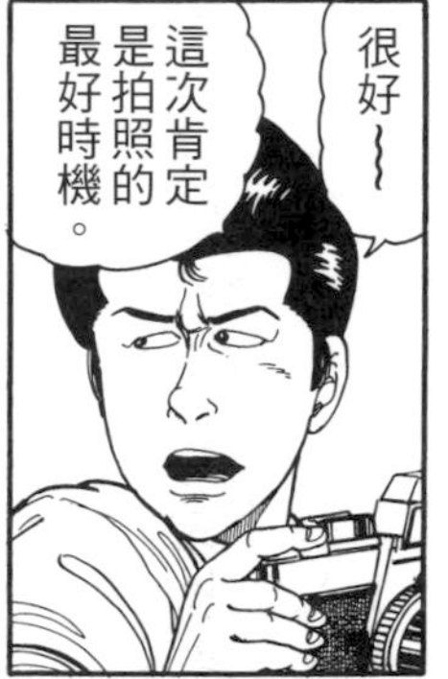

很好～～
這次肯定是拍照的最好時機。

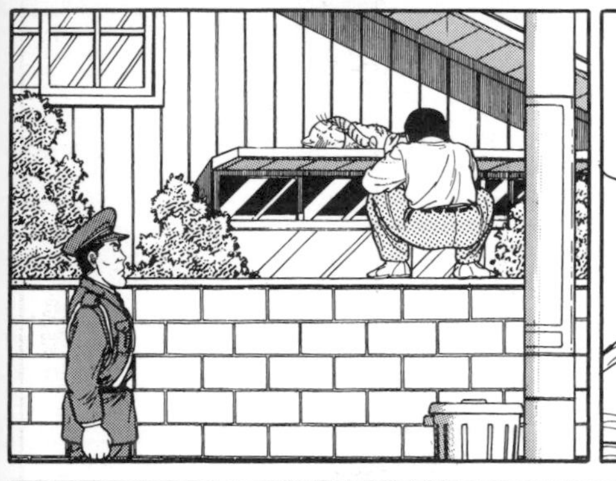

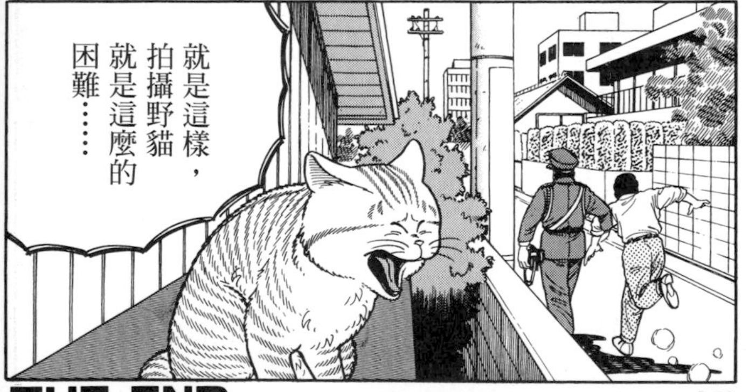

就是這樣，拍攝野貓就是這麼的困難……

THE END

Vol.134
藝術家

珠美的作品
「貓與可樂餅」

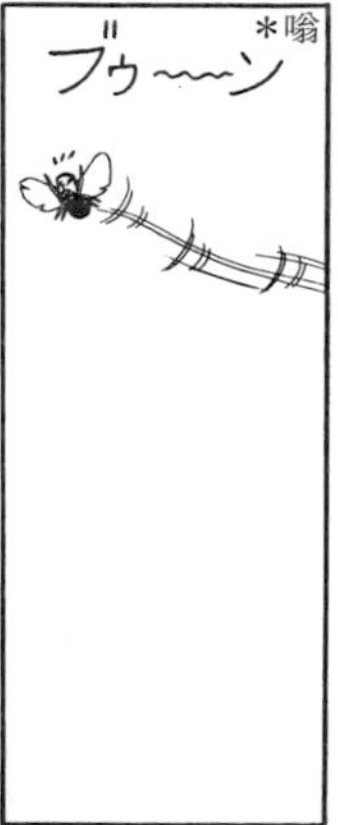
ブゥ〜〜ン
＊嗡

ドドド
嗚喵喵！
＊咚咚咚

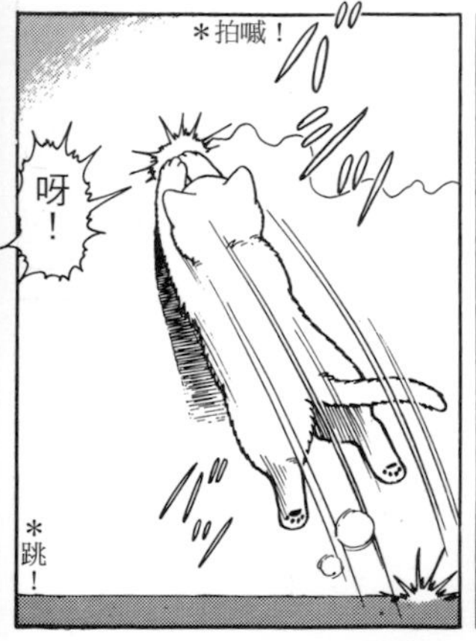
＊拍嘁！
呀！
＊跳！

波波的作品
「生命的終結」

迷你可的作品
「暴風雨」

＊抓

麥可的作品
「空間概念」

THE END

Vol.135
三隻小貓

ザザザッ
＊沙沙

バッ
＊跳

ダッ
＊跳

ザサッ
＊啪沙

米店的茱莉（兩歲）
通稱　小鬍子

ダッ
＊跳

野貓　柏拉圖（四歲）
通稱　會思考的貓

＊噠噠噠
タッタッタッ

麥可（三歲）
通稱　嗚喵嗚喵

ソ……
＊悄悄
鳥屎

＊嗅嗅
クンクン

潛伏在一丁目的三隻貓！
沒有人能阻止他們前進！

大家稱他們為……

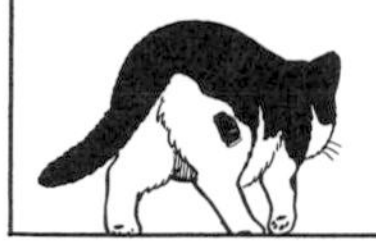

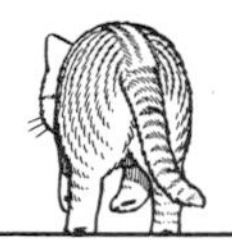

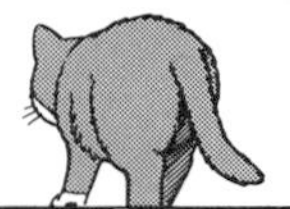

「三隻小貓」（廢話……）

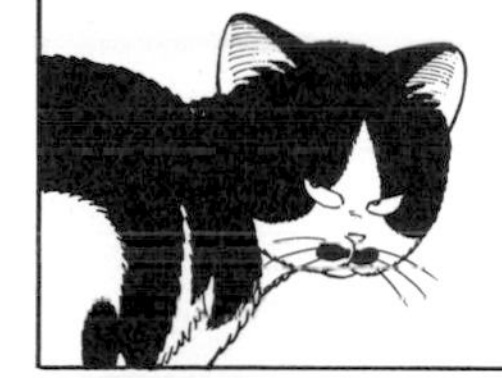

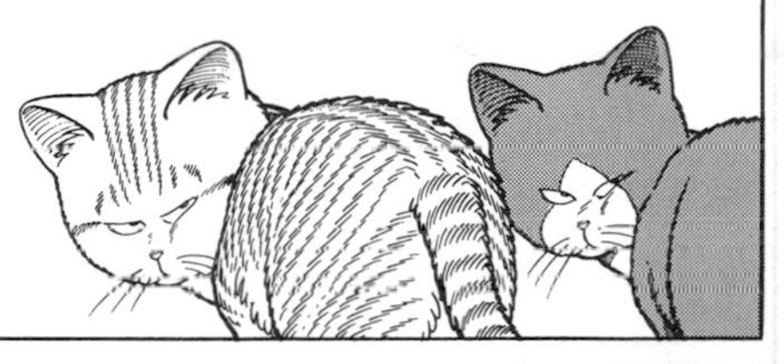

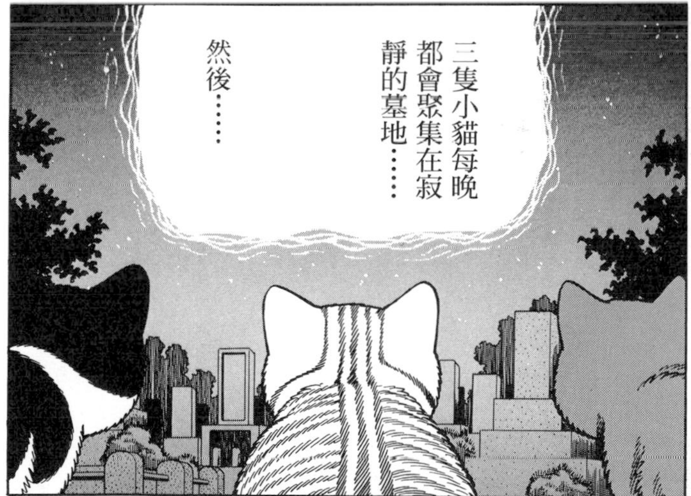

三隻小貓每晚都會聚集在寂靜的墓地……
然後……

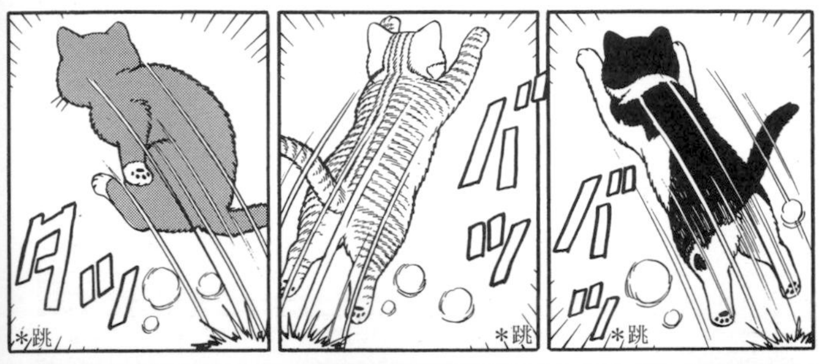

THE END

Vol.136 又是三隻小貓

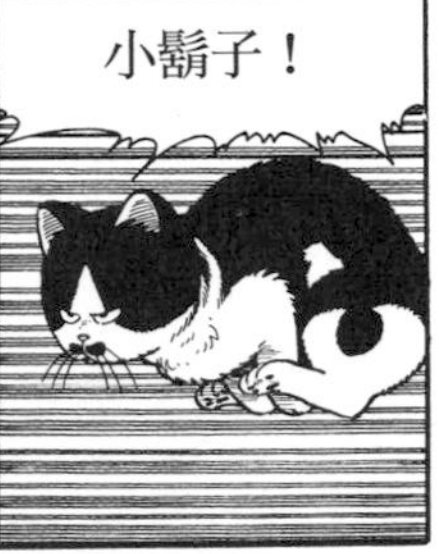
小鬍子！

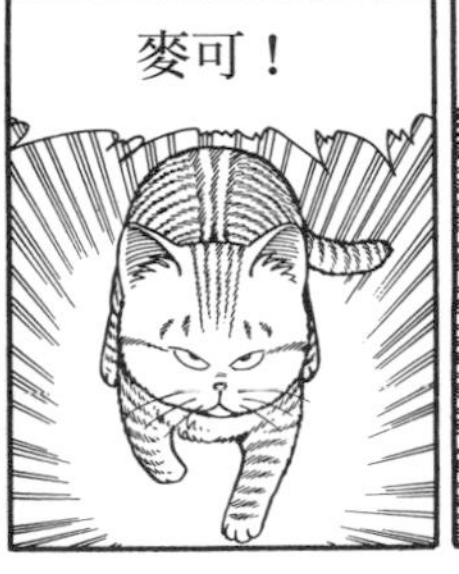
麥可！

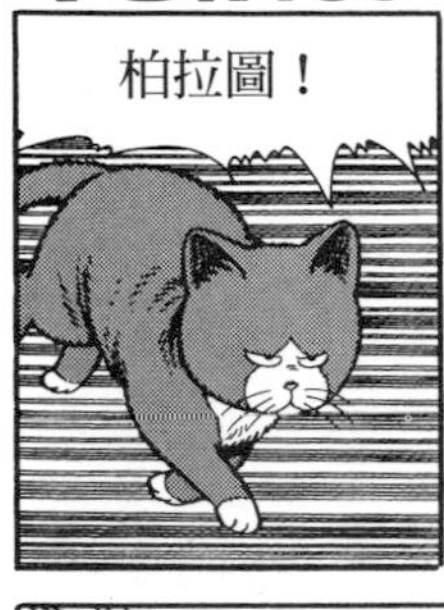
柏拉圖！

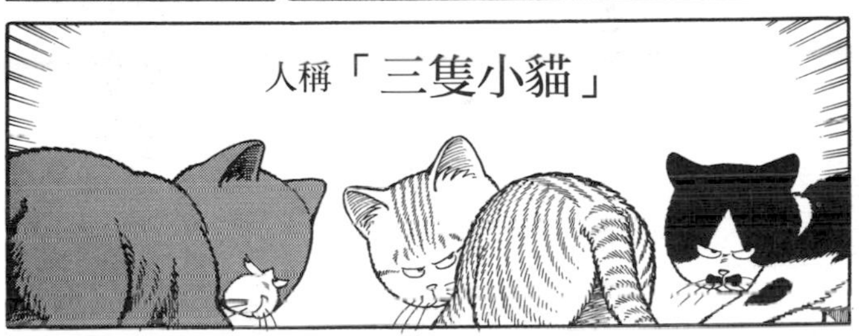
人稱「三隻小貓」

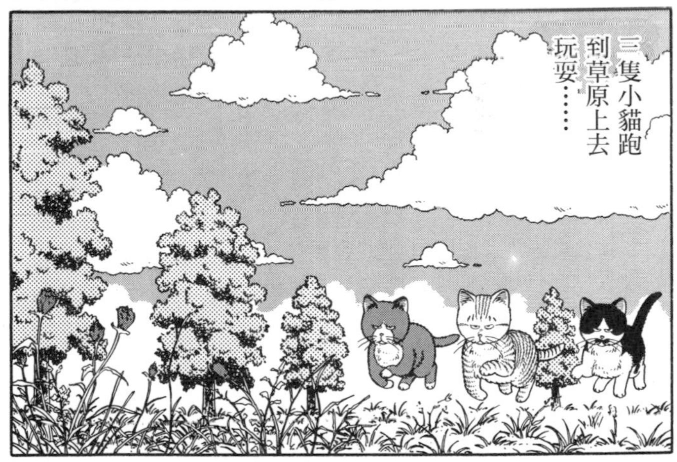
三隻小貓跑
到草原上去
玩耍……

咦？
咦？
咦？
啦啦啦~~
*啪嗒啪嗒啪嗒

*啪嘁
呀啊~~

救命啊~~
呀~~
呀~~
呀~~
*咚咚咚咚

看見這一幕的神明……
嘎！
那些傢伙又在欺負弱小了！別玩弄他們~~
不可原諒，吃我這招！
風
*咻

183 *註：鼠婦屬於甲殼類動物，喜愛陰暗潮濕的地方，受到驚嚇時會捲成一團。

*滾
救命
啊~~
コロン

*滾
コロ…

*滾滾滾
*啪嘁
バシーン
コロコロ
コロ…

好痛~~
救命
啊~~
*啪嘁
*滾滾
コロコロ…
咿咿~~
コロコロ…

嘎!
又是
那群傢
伙~~

要說幾次才聽得懂啊～～
不要欺負鼠婦～～
嗚喵喵喵～～
ゴオオオッ
*轟嗡嗡

*抓

好痛！

救命啊~~
好痛好痛好痛好痛~~
バリバリ
*抓抓抓

喂~~!
你們這些臭傢伙~~!
嗚喵喵喵~~
ゴオーッ
*轟嗡

不管被罵幾次也不會收斂，正是他們的可取之處。

THE END

Vol.137
吸血鬼羅古拉
這裡是羅馬尼亞的外西凡尼亞地區。

＊呀啊啊

*啪嘁

*啪嘰

羅古拉伯爵。

他不怕大蒜，也不怕十字架
是最強的吸血鬼……

咦？

我……我先走了~

呼哈呼哈
呼哈呼哈
雖然羅古拉伯爵是最強的吸血鬼，
卻只有貓咪會讓他怕到下巴掉下來……
カパッ
*咯

而且，最近這個地區家家戶戶都養起了貓，吹起養貓風潮。
抱歉，打擾了～

吸血鬼羅古拉，
他認真考慮是否該搬離這個城鎮了……

THE END

Vol.138
何謂理想的貓？

不怕風，
不怕雨。

不怕蟑螂
也不怕老鼠。

從外面回來的話，會先清潔手腳再進家門。

在馬桶上大完便會好好沖乾淨。

就算每天吃同樣的食物，
也不會抱怨「吃膩了」。

看家兩三天
也沒有怨言。

看到髒亂
會主動收拾乾淨。

而且有才藝。

我想要養
這樣的貓。

Vol.139
鍋島騷動
這裡是九州佐賀——

龍造寺又三郎，
他到鍋島大人的城堡裡打麻將……

……

＊啪嘁

胡了！

平胡，加分牌1，兩千分。
哇哈哈哈哈哈哈
咦……

嘖，給我等一下。這張五餅為什麼在你那裡？
你這不是振聽*嗎！
咦……

哎呀，原來真的是振聽啊！
你這是詐胡、詐胡啊！啊哈哈哈～
你……你這傢伙～

就這樣，嘲笑大人詐胡的又三郎被殺了。

*註：振聽是日本麻將特殊規則，振聽時不能胡別人打的牌，只有自摸才能胡牌。

得知此事的又三郎妻子……
鍋島這傢伙……
舞家瑠*，
這個仇你一定要報……
嗚喵……？
*刺
啊喵～～！
……
不可原諒。
鍋島……
不久之後，舞家瑠的身影就從又三郎家消失了。

*註：舞家瑠的發音同麥可。

然後有一天——

嗒啦啦啦～～

＊啜啜……
咦？

＊啜啜……

這啥～～！

＊嘎啦
ガラッ
母親大人！您在做什麼啊！

哇啊~~

來人啊~~!
來人啊~~!
是妖貓啊~~

宰了牠~~!

吼~~~

不過……

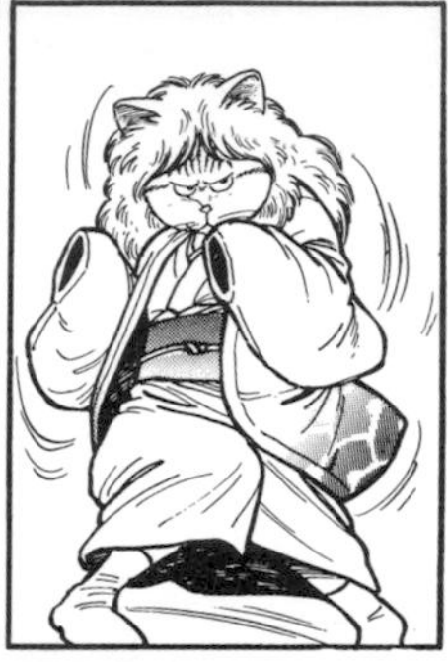
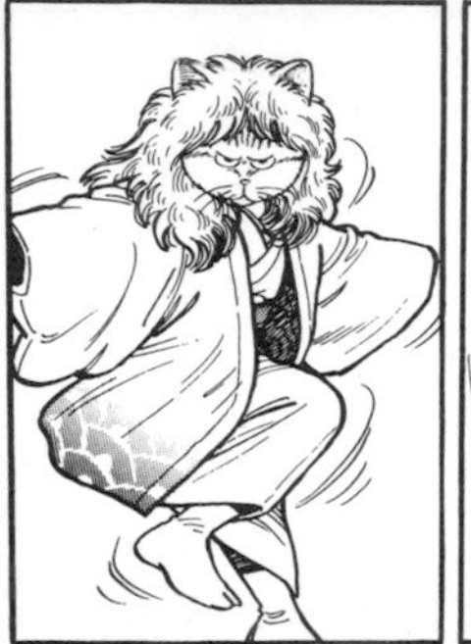
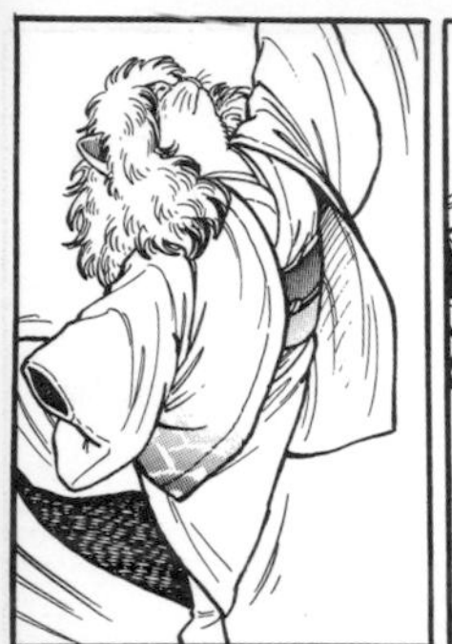
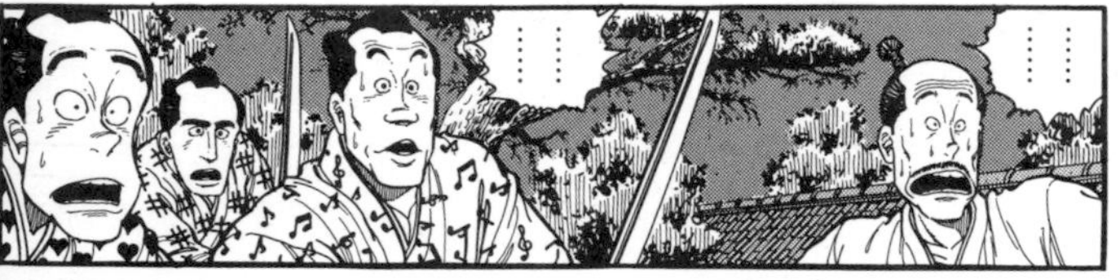

……
……

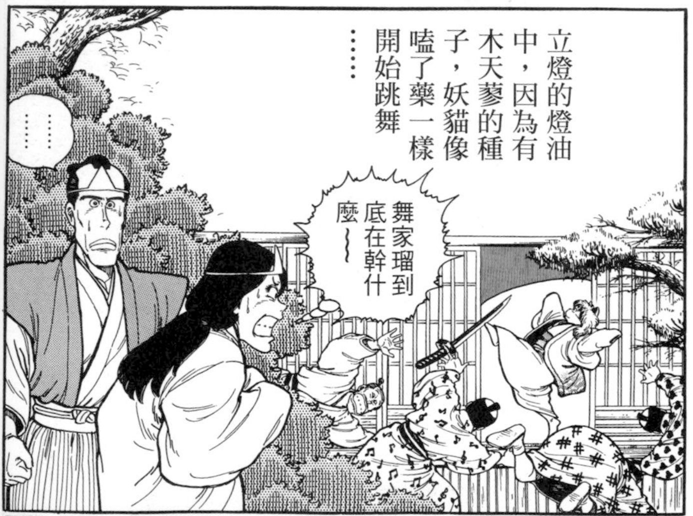

立燈的燈油中，因為有木天蓼的種子，妖貓像嗑了藥一樣開始跳舞……
舞家瑠到底在幹什麼～～
……

THE END

Vol.140 次郎

井間村家的次郎
是在街坊間評價
相當好的貓。

次郎！你好啊～
歡迎歡迎～
嗚喵～
不管是什麼樣的客人來，他都很親切。
絕對不會發生跳上桌子這種沒禮貌的行為。

而且和兔子
真由的感情
也很好。

更令人驚訝的是，他和鸚鵡小琪也能融洽地生活在一起。

次郎真是個好孩子～～
真想讓我們家麥可好好學習一下。
妳說什麼啊！麥可也很乖啊！

我再重新沖一壺茶。
啊！不用麻煩啦。

好啦～～次郎！
因為次郎平常就是個好孩子，我今天有帶禮物給你喔～～

你看！就是這個！
木天蓼

嗚喵……

今天只能吃一個喔！

……
……

パクッ
＊啪嘁

呼嘎呼嘎
嚼嚼
ガツガツ
呼哈呼哈
＊狼吞虎嚥

啊哈哈，
不用吃得那麼急啦！

……
……

……
……

次郎，你怎麼啦？
身體不舒服嗎？
呀！
*抓
……
吼～～
*跳跳跳
呼呀呀呀～～
啊啊～～
*撞翻
*咬
呀咿～～

＊啪嗒啪嗒
啾啾啾
パタパタ
吼！
啾～～！
バタバタ
啾啾啾啾啾啾～
嗚喵喵喵喵～
ドドド
＊啪嗒啪嗒
＊咚咚咚
住手啊～～次郎～～！
啊～發生什麼事～～？
啊……井間村小姐，
那、那個……
我讓次郎吃了木天蓼，結果他突然就變成這樣子～～
嘎～～！
不、不行啊！不能讓次郎吃木天蓼啊！

次郎他……
對木天蓼會有不好的反應啊！

什麼～～！

次郎，過來～
你是好孩子，要乖乖喔！

好痛啊～～！
＊咬

沒辦法了～！
在木天蓼效果過去之前，只能隨便他了。
次郎雖然平常是隻乖巧的貓，但是一吃下木天蓼，就會變得凶惡異常……

THE END

Vol.141
警戒心
岩橋健二（28歲）
自由攝影師

他為了拍野貓，今天也遊走在城市內。
!!

嗯……

只要靠近他十公尺左右……
貓就會注意到我的存在……

＊伸出
パッ…

八公尺，他開始對我產生警戒……

不行了……再靠近一點他就會跑掉……假裝沒看到他走掉好了……

*警戒

已經離這麼遠，他終於放下警戒了。

可、可是，他還是看著我……

*嗖

還、還在看……

是說……距離八公尺時他會開始警戒……

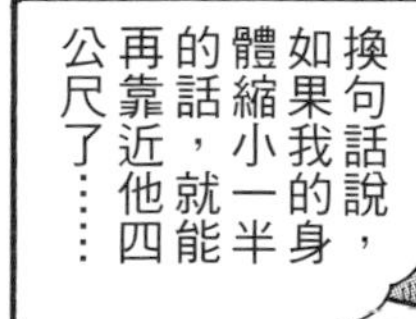
換句話說，如果我的身體縮小一半的話，就能再靠近他四公尺了……

好～～
ザッ
＊颯
!!
チャッ
＊嘁啊
トコトコ
＊咯噔咯噔
トコトコ
＊咯噔咯噔

就算縮著身體，果然還是只能距離八公尺嗎……
可惡～～果然還是應該要有長鏡頭的。
咦……

哎呀！
哇！是貓咪耶！
好可愛喔～～！

我身上有火腿，我來餵他！
啊！他吃了！
呀！呀！

……
……

哼哼哼……
原來如此……

哇～～好可愛的貓咪喔！
讓我拍張照片～～！

等一下～～！
不要跑嘛～～

為了拍攝野貓，他會繼續奮鬥下去的……

貓咪也瘋狂 4

What's Michael？ 4

作　　者　小林誠
譯　　者　李韻柔
美術設計　許紘維
內頁排版　高巧怡
行銷企畫　林瑀、陳慧敏
行銷統籌　駱漢琦
業務發行　邱紹溢
營運顧問　郭其彬
責任編輯　吳佳珍、賴靜儀
總 編 輯　李亞南
出　　版　漫遊者文化事業股份有限公司
地　　址　台北市105松山區復興北路331號4樓
電　　話　(02)27152022
傳　　真　(02)27152021
讀者服務信箱　service@azothbooks.com
發　　行　大雁文化事業股份有限公司
地　　址　台北市105松山區復興北路333號11樓之4
劃撥帳號　50022001
戶　　名　漫遊者文化事業股份有限公司
初版一刷　2019年1月
初版六刷(1) 2022年2月
定　　價　新台幣899元（全套不分售）
I S B N　978-986-489-023-1（套書）